U0540689

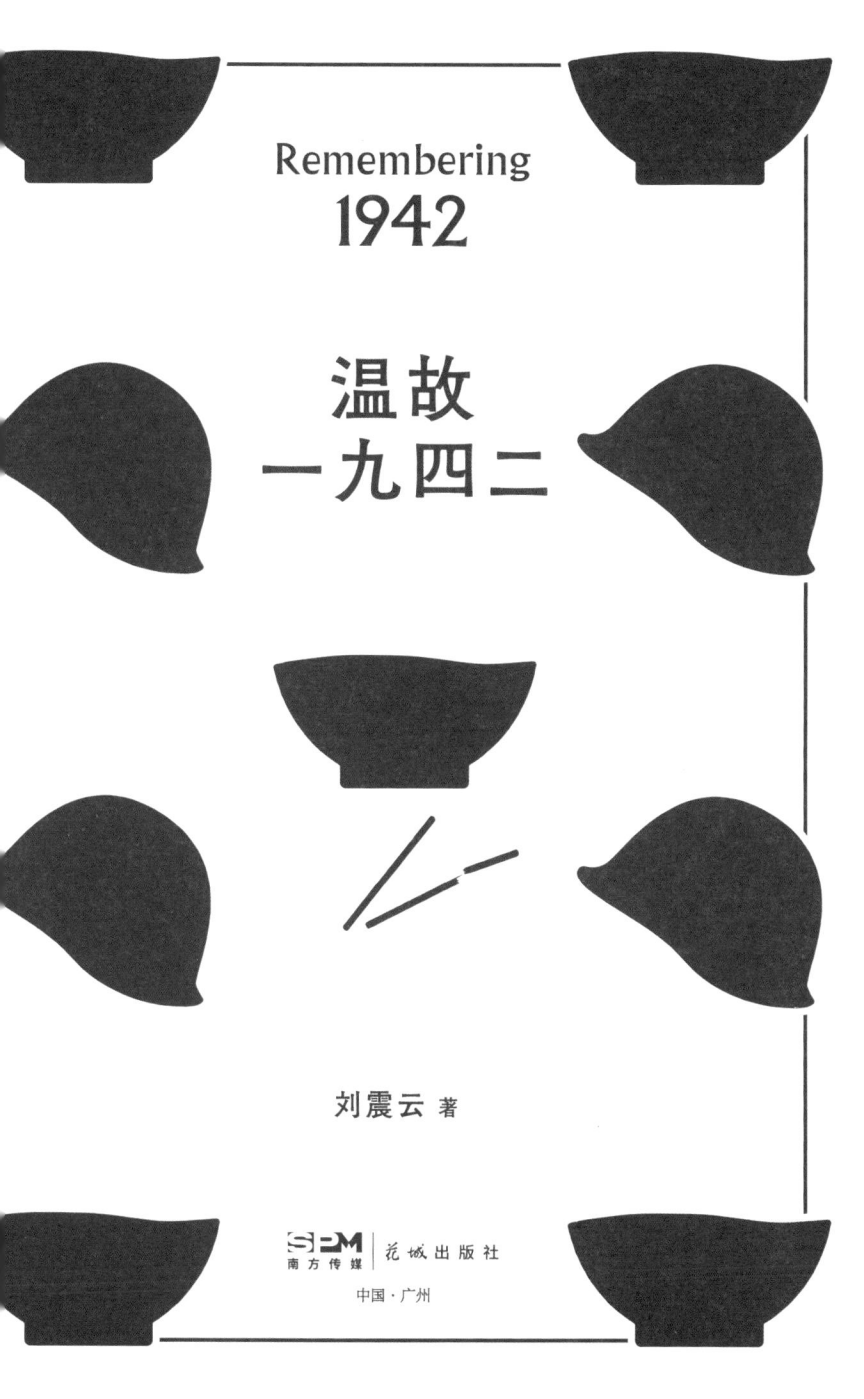

Remembering
1942

温故
一九四二

刘震云 著

花城出版社
中国·广州

图书在版编目（CIP）数据

温故一九四二 / 刘震云著． --广州：花城出版社，2022.7（2024.8 重印）

ISBN 978-7-5360-9729-2

I. ①温… II. ①刘… III. ①中篇小说-中国-当代 ②电影剧本-中国-当代 IV. ①I217.2

中国版本图书馆 CIP 数据核字（2022）第 102973 号

出 版 人	张 懿
特约策划	金丽红　黎 波
责任编辑	陈诗泳　安 然　欧阳佳子
特约编辑	张 维
技术编辑	林佳莹
封面设计	别境Lab
内文制作	张景莹
责任印制	张志杰　王会利
媒体运营	刘 冲　刘 峥　洪振宇
数字平台统筹	高 梦
法律顾问	梁 飞
版权代理	何 红

书　　名	温故一九四二
	WEN GU YI JIU SI ER
出版发行	花城出版社
	（广州市环市东路水荫路11号）
经　　销	全国新华书店
印　　刷	天津盛辉印刷有限公司
	（天津市宝坻区天宝工业园宝富道2号）
开　　本	787毫米×1092毫米　32开
印　　张	7.5　14 插页
字　　数	140千字
版　　次	2022年7月第1版　2024年8月第9次印刷
定　　价	52.00元

如发现印装质量问题，请直接与印刷厂联系调换。
购书热线：010-58678881
花城出版社网站：http://www.fcph.com.cn

刘震云

汉族，河南延津人，北京大学中文系毕业，中国人民大学文学院教授。

曾创作长篇小说《故乡天下黄花》《故乡相处流传》《故乡面和花朵》（四卷）、《一腔废话》《我叫刘跃进》《一句顶一万句》《我不是潘金莲》《吃瓜时代的儿女们》《一日三秋》等；中短篇小说《塔铺》《新兵连》《单位》《一地鸡毛》《温故一九四二》等。

其作品被翻译成英语、法语、德语、意大利语、西班牙语、瑞典语、捷克语、荷兰语、俄语、匈牙利语、塞尔维亚语、土耳其语、罗马尼亚语、波兰语、希伯来语、波斯语、阿拉伯语、日语、韩语、越南语、泰语、哈萨克语、维吾尔语等多种文字。

2011年，《一句顶一万句》获得茅盾文学奖。
2018年，获得法国文学与艺术骑士勋章。

根据其作品改编的电影，也在国际上多次获奖。

2013年11月27日,作者在墨西哥出席西班牙语
《温故一九四二》作品交流会

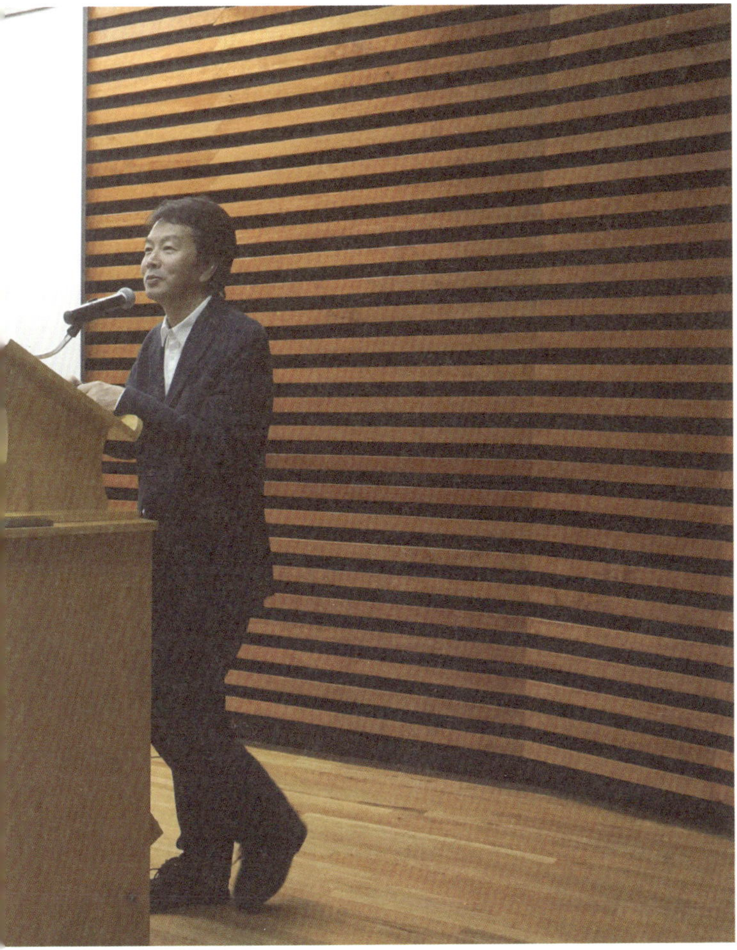

刘震云

目 录

Contents

序　不堪回首　天道酬勤　冯小刚　/ 1

小说　温故一九四二　/ 001

电影剧本　一九四二　/ 081

附录　刘震云作品中文版目录　/ 247

姥娘:"饿死人的年头多得很,到底指的是哪一年?"

——摘自《温故一九四二》

序

不堪回首　天道酬勤

冯小刚

二十世纪九十年代初。那时的王朔还是小王，震云还是小刘，我还是小冯。我们仨同龄，一九五八年的，风华正茂。

一个夏天的午后，小王把小刘的《温故一九四二》交到我的手上。

小王说：推荐你看震云新写的一个中篇，调查体小说。

我一口气看完，对本民族的认识产生了飞跃。小说没有故事，没有人物，也貌似没有态度没有立场，主角写的是民族，情节写的是民族的命运。

这篇小说在我的心里开始发酵，逢人便说，念念不忘。

隔年，在南郊京丰宾馆一个扯淡的大会上，遇到震云，我提议把《温故一九四二》改编成电影。那时我刚刚拍完根据震云小说《一地鸡毛》改编的电视剧，还没有拍电影的经历。

震云的回答是：不急……容我再想想……

之后一晃几年过去。这期间，我和震云、王朔还有梁左成为莫逆，隔三岔五包上一顿饺子，凑几个凉菜，说上一夜的醉话。酒中也多有提及《温故》的事，但也都是虚聊，小刘没有实接过话茬。

时间走到二〇〇〇年。新年的一个晚上，小刘来到我家。饺子就酒，几杯下肚，小刘郑重对小冯说：我今天来，是想把《温故一九四二》交给兄长，此事我愿意与兄长共进退。

今天我仍清楚记得震云那义无反顾的表情。天渐白时，我们喝光了家里所有的啤酒，那一夜小刘把《温故》托付给了小冯，也把"一九四二"烙在了我的心上。

二〇〇二年项目正式启动。那时我已与华谊兄弟签约，中军中磊横下一条心拿出三千万投拍《温故》。在当时，对于一部国产文艺片来说，这个预算就是一个接近于自杀的天文数字。

我们在北影的一间小平房里开了论证会。与会者一致认为它是部好小说，同时也一致认为它不适合改编电影。因为没有故事，没有人物，没有情节。专家们散去，小冯和小刘蹲在小屋外的树荫下，小刘问小冯：这事还做不做？我说：做。小刘说：人们习惯只做可能的事，但是把可能的事变成可能意思不大，把不可能的事变成可能意义就不同了。小刘又说：世界上有两种人，一种是聪明人，一种是笨人。聪明的人写剧本知道找捷径，怕绕远怕做无用功，善于在宾馆里侃故事，刮头脑风暴；笨的人写剧本不知道抄近路，最笨的方法是把所有的路都走上一遍，看似无用功，却能够找到真正要去的地方。

我对小刘说：我们肯定不是聪明人，就走笨人的路吧。

接下来的三个月，小冯和小刘携小陆、老韵、益民还有孙浩，一行六人先后赴河南、陕西、山西，又赴重庆、开罗，行程万里。在路上，我们见到老东家一家，瞎鹿花枝一家；见到了东家的女儿星星，赶大车的长工栓柱；见到了八岁的留保和五岁的铃铛；见到了伙夫老马；见到了意大利传教士托马斯·梅甘，他的中国徒弟安西满；也见到了"委员长"和那位让"委员长"头疼的《时代》周刊记者白修德；见到了时任河南省政府主席、于成龙式的清官——李培基；见到了寒风中蓬头垢面的灾民，背井离乡一路向西的逃荒队伍；见到了他们悲惨的命运；更重要的，也意外地见到了我们这个民族面对灾难时的幽默。

半年后，震云捧着热腾腾带着油墨香味的剧本，用他的河南普通话给翘首以待的我们读了整整一个下午。

捋胳膊挽袖子，中军拍板，干！

剧本送去立项，不日被驳回。理由是：调子太灰，灾民丑陋，反映人性恶，消极。

散了散了，下马，该干吗干吗去吧。

时间来到二〇〇四年，中国电影市场开始呈现繁荣景象。这一年我拍了《天下无贼》，和周星驰的《功夫》双双贺岁，都破亿，平分秋色。庆功之余，旧事重提，拍《温故》的心又死灰复燃，《温故》这蓬野草雪藏多年又见天日。这次华谊把预算提高到八千万，准备先斩后奏，奉子成婚。

建组，我带队选景重走长征路，震云数易其稿孜孜不倦。经过十年的沉淀，剧本的问题被逐一发现并得到修正。最大的收获是在逃荒路上，人物之间的关系发生了颠覆性的转换，这些转换有力地推动着人物的命运向前发展。过往的几年中还发生了一件我们始料未及的事——国民党结束了在台湾的统治，成为一个在野党。国共两党的关系也随之发生了历史性的转变，在人民大会堂的红毯上两党的领袖握手言欢，求同存异了。

万事俱备，剧本再次呈上，得到的答复与两年前毫无二致。"灰暗消极"的评价之外多了一些忠告：为什么放着那么多好事积极的事光明的事不拍，专要拍这些堵心的事？

剧组又一次宣布解散，筹备花出去的钱，拉下的亏空让贺岁片的盈利去背吧。《温故一九四二》这个苦孩子还得在娘胎里怀着，不准出生。

这之后，似乎死了心，和震云见面也回避谈起这个话题，偶有涉及也是言辞躲闪。梦还在心里做着，但已深知遥不可及。像追求一个一见钟情的姑娘，屡遭拒绝，一开始是姑娘有歉意，到后来就变成了我不懂事，再提出追求就成了笑话。

死了心也好，可以坚定不移地"走资本主义道路"拍商业片，赚他个人财两旺。

在我一门心思拍商业片的时候，世界又在不断变化——台湾的领导人陈水扁下了大狱，国民党由在野党重新上台执政。

世事沧桑。

你方唱罢我登场。

时间如水流过，转眼间到了二〇一一年，小刘变成了刘老，小冯变成了冯老，小王也变成了王老。

这一年，华谊邀王朔写了《非诚勿扰2》，四两拨千斤玩儿一样就赚了大把的银子。正在纸醉金迷乐不思蜀盘算着一不做二不休整他个《非3》时，王老敛起笑容对我说：趁着现在这个势,你应该横下一条心把《温故》拍了。我没夸过别人的剧本,但刘老的这个本子写得确实好,你应该有这么一部作品;有《温故》这碗酒垫底,往后冯老就可以心无旁骛在商业片上胡作非为没有羁绊了。王老又厚道地说:你怕什么?万一票房上有个闪失,我再帮你写一喜剧不就给华谊找补回来了吗?

又是王朔,十七年前的因种下了十七年后的果。王老的一席话把我流浪的心灵喊回到《温故一九四二》的归途上。

我问刘老:还有心气吗?

刘老说:还是那句话,我与兄长共进退。

我问中军中磊:还有心气吗?

兄弟俩问我:两亿够吗?

我问兄长张和平:你觉得这事能成吗?

和平回答两个字:靠谱。

我问电影局:弘扬主旋律,提倡多样化,我算那多样化行吗?

宏森皱着眉头说:我不敢打包票,容我尽力斡旋吧。

二〇一一年,电影局批准《一九四二》正式立项,下发了拍摄许可证。前提是:第一,拍摄时要把握住一九四二年摆在我们国家首位的应该是民族矛盾,不是阶级矛盾;第二,表现民族灾难,也要刻画人性的温暖,释放出善意;第三,影片的结局应该给人以希望;第四,不要夸大美国记者在救灾上作用,准确把握好宗教问题在影片中的尺度;第五,减少血腥场面的描写和拍摄。

二〇一一年二月,剧组成立,筹备八个月,于同年十月二十六日在山西开镜,历时一百三十五天艰苦卓绝的拍摄,于第二年春天封镜。又经过七个月紧张的后期制作,终于在二〇一二年的十一月面世公映。

把《温故一九四二》这部小说拍成电影的理由有很多,但我最想说的是,这是小冯和小刘的缘分,是一部小说和一部电影的缘分,是一个导演和一九四二年的缘分。

二〇一二年十一月

小　说

温故一九四二

· 一 ·

一九四二年,河南发生大灾荒。一位我所敬重的朋友,用一盘黄豆芽和两只猪蹄,把我打发回了一九四二年。当然,这顿壮行的饭,如果放到一九四二年,可能是一顿美味佳肴;同时就是放到一九四二年,也不见得多么可观。一九四三年二月,美国《时代》周刊记者白修德、英国《泰晤士报》记者哈里逊·福尔曼去河南考察灾情,在母亲煮食自己婴儿的地方,我故乡的省政府官员,宴请两位外国友人的菜单是:莲子羹、胡椒辣子鸡、栗子炖牛肉、豆腐、鱼、炸春卷、热馒头、米饭、两道汤,外加三个撒满了白糖的馅饼。这饭就是放到今天,我们这些庸俗的市民,也只能在书中和大饭店的菜本上看到。白修德说,这是他所吃过的最好的筵席之一。我说:这是我所看到的最好的筵席之一。但他又说,他不忍心吃下去。我相信我故乡的省政府官员，决不会像白修德这么扭扭捏捏。说到底，一九四二年至一九四三年，我故乡发生了吃的问题。但吃的问题应该仅限在我们这些普通的百姓身上。那时，我估计在我们这个东方文明古国，无论发生什么情况，县以上的官员，都不会发生这种问题。不但不存在吃的问题，性的问题也不会匮乏。

还有一个问题，当我顺着枯燥泛出霉尿味的隧道回到一九四二年时，我发现五十年后我朋友把他交给我的任务的重要性，人为地夸大了。吃完豆芽和猪蹄，他是用一种上校的口气，来说明一九四二年的。

> 一九四二年夏到一九四三年春，河南发生大旱灾，景象令人触目惊心。全省夏秋两季大部绝收。大旱之后，又遇蝗灾。灾民五百万，占全省人口的百分之二十多。"水旱蝗汤"，袭击全省一百一十个县。
>
> 灾民吃草根树皮，饿殍遍野。妇女售价累跌至过去的十分之一，壮丁售价也跌了三分之一。寥寥中原，赤地千里，河南饿死三百万人之多。

死了三百万。他严肃地看着我。我心里也有些发毛。但当我回到一九四二年时，我不禁哑然失笑。三百万人是不错，但放在当时的历史环境中去考察，无非是小事一桩。在死三百万的同时，历史上还发生着这样一些事：宋美龄访美、甘地绝食、斯大林格勒大血战、丘吉尔感冒。这些事件中的任何一桩，放到一九四二年的世界环境中，都比三百万要重要。五十年之后，我们知道当年有丘吉尔、甘地、仪态万方的宋美龄、斯大林格勒大血战，有谁知道我的故乡还因为旱灾死过三百万人呢？当时中国的国内形势，国民党、共产党、日军、美国人、英国人、东南亚战场、国内正面战场、陕甘宁边区，政治环境错综复杂，如一盆杂拌粥相互搅和，摆在国家最高元首蒋介石委员长的桌前。别说是委员长，换任何一个人，处在那样的位置，三百万人肯定不是他首先考虑的问题。三百万是三百万人自己的事。所以，朋友交给我的任务是小节而不是大局，是芝麻而不是西瓜。当时世界最重要的部分是白宫、唐宁街十号、克里姆林宫、希特勒的地下掩体指挥部、日本东京，中国最重要的部分是重庆黄山官邸。这些富丽堂皇地方中的衣着干净、可以喝咖啡洗热水澡的少数人，将注定要决定世界上大多数人的命运。但这些世界的轴心我将远离，我要蓬头垢面地回到赤野千里、遍地饿殍的河南灾区。这不能说明别的，只能说明我从一九四二年起，就注定是这些慌乱下贱的灾民的后裔。最后一个问题是，朋友在为我壮行时，花钱买了两只猪蹄，匆忙之中，他竟忘记拔下盘中猪蹄的蹄甲；我吃了带蹄甲的猪蹄，就匆匆上路；可见双方是多么大意。

· 二 ·

我姥娘将五十年前饿死人的大旱灾,已经忘得一干二净。我说:

"姥娘,五十年前,大旱,饿死许多人!"

姥娘:

"饿死人的年头多得很,到底指的哪一年?"

我姥娘今年九十二岁,与这个世纪同命运。这位普通的中国乡村妇女,一九四九年以前是地主的雇工,一九四九年后是人民公社社员。在她身上,已经承受了九十二年的中国历史。没有千千万万普通的肮脏的中国百姓,波澜壮阔的中国革命和反革命历史都是白扯。他们是最终的灾难和成功的承受者和付出者。但历史历来与他们无缘,历史只漫步在富丽堂皇的大厅。所以俺姥娘忘记历史一点没有惭愧的脸色。不过这次旱灾饿死的是我们身边的父老乡亲，是自己人，姥娘的忘记还是稍稍有些不对。姥娘是我的救命恩人。这牵涉到另一场中国灾难——一九六〇年。老人家性情温和，虽不识字，却深明大义。我总觉得中国所以能发展到今天，仍给人以信心，是因为有这些性情温和、深明大义的人的存在，而不是那些心怀叵测，并不善良的人的生存。值得我欣慰的是，仗着一位乡村医生，现在姥娘身体很好，记忆力健全，我母亲及我及我弟弟妹妹小时候的一举一动，仍完整地保存在她的记忆里。我相信她对一九四二年的忘却，并不是一九四二年不触目惊心，而是在老人家的历史上，死人的事确是发生得太频繁了。指责九十二年间许许多多的执政者毫无用处，但在哪位先生的执政下他的黎民百姓经常、到处被活活饿死，这位先生确应比我姥娘更感到惭愧。这个理应惭愧的前提是：他的家族和子孙，绝没有发生饥饿。当我们被这样的人统治着时，我们不也感到不放心和感到后怕吗？但姥娘平淡无奇的语调，也使我的激动和愤怒平淡起来，露出自嘲的微笑。历史从来是大而化之的。历史总是被筛选和被遗忘的。谁是执掌筛选粗眼大筐的人呢？最后我提起了蝗虫。一九四二年的大旱之后，发生了遮天蔽日的蝗虫。这一特定的标志，勾起了姥娘并没忘却的蝗虫与死人的联系。她马上说：

"这我知道了。原来是飞蚂蚱那一年。那一年死人不少。蚂蚱把地里的庄稼都吃光了。牛进宝他姑姑，在大油坊设香坛，我还到那里烧过香!"

我说:

"蚂蚱前头,是不是大旱?"

她点着头:

"是大旱,是大旱,不大旱还出不了蚂蚱。"

我问:

"是不是死了很多人?"

她想了想:

"有个几十口吧。"

这就对了。一个村几十口,全省算起来,也就三百万了。我问:

"没死的呢?"

姥娘:

"还不是逃荒。你二姥娘一股人,三姥娘一股人,都去山西逃荒了。"

现在我二姥娘、三姥娘早已经不在了。二姥娘死时我依稀记得,一个黑漆棺材;三姥娘死时我已二十多岁,记得是一颗苍白的头,眼瞎了,像狗一样蜷缩在灶房的草铺上。他的儿子我该叫花爪舅舅的,在村里当过二十四年支书,从一九四八年当到一九七二年,竟没有置下一座像样的房子,被村里人嘲笑不已。放下二姥娘、三姥娘,我问:

"姥娘，你呢？"

姥娘：

"我没有逃荒。东家对我好，我又去给东家种地了。"

我：

"那年旱得厉害吗？"

姥娘比着：

"怎么不厉害，地裂得像小孩子嘴。往地上浇一瓢水，'滋滋'冒烟。"

这就是了。核对过姥娘，我又去找花爪舅舅。花爪舅舅到底当过支书，大事清楚，我一问到一九四二年，他马上说：

"四二年大旱！"

我：

"旱成甚样？"

他吸着我的"阿诗玛"烟说：

"一入春就没下过雨，麦收不足三成，有的地块颗粒无收；秧苗下种后，成活不多，活的也长尺把高，结不成籽。"

我：

"饿死人了吗？"

他点头：

"饿死几十口。"

我：

"不是麦收还有三成吗？怎么就让饿死了？"

他瞪着我：

"那你不交租子了？不交军粮了？不交税赋了？卖了田地不够纳粮，不饿死也得让县衙门打死！"

我明白了。我问：

"你当时有多大？"

他眨眨眼：

"也就十五六岁吧。"

我：

"当时你干什么去了？"

他：

"怕饿死，随俺娘到山西逃荒去了。"

撇下花爪舅舅，我又去找范克俭舅舅。一九四二年，范克俭舅舅家在我们当地是首屈一指的大户人家。我姥爷姥娘就是在他家扛的长工。东家与长工，过从甚密；范克俭舅舅几个月时，便认我姥娘为干娘。俺姥娘说，一到吃饭时候，范克俭他娘就把范克俭交给我姥娘，俺姥娘就把他放到裤腰里。一九四九年以后，主子长工的身份为之一变。俺姥娘家成了贫农，范克俭舅舅的爹在镇反中让枪毙了；范克俭舅舅成了地主分子，一直被管制到一九七八年。他的妻子、我的金银花舅母曾向我抱怨，说她嫁到范家一天福没享，就跟着受了几十年罪,图个啥呢?因为她与范克俭舅舅结婚于一九四八年底。但在几十年中,我家与范家仍过从甚密。范克俭舅舅见了俺姥娘就"娘、娘"地喊。我亲眼见俺姥娘拿一块月饼,像过去的东家对她一样,大度地将月饼赏给叫"娘"的范克俭舅舅。范克俭舅舅脸上露出感激的笑容。我与范克俭舅舅,坐在他家院中一棵枯死的大槐树下,(这棵槐树,怕是一九四二年就存在吧?)共同回忆一九四二年。一开始范克俭舅舅不知一九四二年为何物,"一九四二年?一九四二年是哪一年?"这时我想起他是前朝贵族,不该提一九四九年以后实行的公元制,便说是民国三十一年。谁知不提民国三十一年还好些,一提民国三十一年范克俭舅舅暴跳如雷:

"别提民国三十一年,三十一年坏得很。"

我吃惊:

"三十一年为什么坏?"

范克俭舅舅:

"三十一年俺家烧了一座小楼!"

我不明白:

"为什么三十一年烧小楼?"

范克俭舅舅:

"三十一年不是大旱吗?"

我答:

"是呀，是大旱！"

范克俭舅舅：

"大旱后起蚂蚱！"

我：

"是起了蚂蚱！"

范克俭舅舅：

"饿死许多人！"

我：

"是饿死许多人！"

范克俭舅舅将手中的"阿诗玛"烟扔了一丈多远：

"饿死许多人，剩下没饿死的穷小子就滋了事。挑头的是毋得安，拿着几把大铡刀、红缨枪，占了俺家一座小楼，杀猪宰羊，说要起兵，一时来俺家吃白饭的有上千人！"

我为穷人辩护：

"他们也是饿得没办法！"

范克俭舅舅：

"饿得没办法，也不能抢明火呀！"

我点头：

"抢明火也不对。后来呢？"

范克俭舅舅诡秘地一笑：

"后来，后来小楼起了大火，麻秆浸着油。毋得安一帮子都活活烧死了,其他就作鸟兽散!"

"唔。"

是这样。大旱。大饥。饿死人。盗贼蜂起。

与范克俭舅舅分手,我又与县政协委员、一九四九年之前的县书记坐在一起。这是一个高大的、衰败的、患有不住摆头症的老头。虽然是县政协委员,但衣服破旧,上衣前襟上到处是饭点和一片一片的油渍。虽是四合院,但房子破旧,瓦檐上长满了枯黄的杂草。还没问一九四二年,他就对他目前的境况发了一通牢骚。不过我并不觉得这牢骚多么有理,因为他的鼎盛时期,是一九四九年之前当县书记的时候。不过那时的县书记,不能等同于现在的县委书记,现在的县委书记是全县上百万人的父母官,那时的县书记只是县长的一个笔录,何况那时全县仅二十多万人。不过当我问起一九四二年,他马上不发牢骚了,立即回到了年轻力壮的鼎盛时期,眼里发出光彩,头竟然也不摇了。说:

"那时方圆几个县,我是最年轻的书记,仅仅十八岁!"

我点头。说:

"韩老,据说一九四二年大旱很厉害?"

他坚持不摇头说:

"是的,当时有一场常香玉的赈灾义演,就是我主持的。"

我点头。对他佩服。因为在一九九一年,中国南方发水灾,我从电视上见过赈灾义演。我总觉得把那么多鱼龙混杂的演艺人集合在一起，不是件容易的事。没想到当年的赈灾义演，竟是他主持的。接着老人家开始叙述当时的义演盛况及他的种种临时抱佛脚的解决办法，边说边发出爽朗开心的笑声。等他说完，笑完，我问：

"当时旱象如何？"

他：

"旱当然旱，不旱能义演？"

我绕过义演，问：

"听说饿死不少人，咱县有多少人？"

他开始摇头，左右频繁而有节奏地摇摆，摆了半天说：

"总有个几万人吧。"

看来他也记不清了。几万人对于当时的笔录书记，似也没有深刻的记忆。我告别他及义演，不禁长出一口气，也像他一样摇起头来。

这是在我故乡河南延津县所进行的旱情采访。据河南省志载，延津也是当时旱灾最严重的县份之一。但我这些采访都是零碎的，不完全、不准确的，五十年后，肯定夹杂了许多当事人的记忆错乱和本能的按个人兴趣的添枝或减叶。这不必认真。需要认真的，是当时《大公报》重庆版派驻河南的战地记者张高峰的一篇报道。这篇报道采访于当年，发表于当年，真实可靠性起码比我同乡的记忆更真实可靠一些。这篇报道的标题是：《豫灾实录》。里边不但描写了旱灾与饥饿，还写到饥饿的人们在灾难里吃的是什么。这使我深深体会到，翻阅陈旧的报纸比到民间采访陈旧的年头便当多了。我既能远离灾难，又能吃饱穿暖居高临下地对灾难中的乡亲给予同情。

这篇报道写于一九四三年一月十七日。

△记者首先告诉读者，今日的河南已有成千成万的人正以树皮（树叶吃光了）与野草维持着那可怜的生命。"兵役第一"的光荣再没有人提起，"哀鸿遍野"不过是吃饱穿暖了的人们形容豫灾的凄楚字眼。

△河南今年（指旧历，乃是一九四二年）大旱，已用不着我再说。"救济豫灾"这伟大的同情，不但中国报纸，就是同盟国家的报纸也印上了大字标题。我曾为这四个字"欣慰"，三千万同胞也引颈翘望，绝望了的眼睛又发出了希望的光。希望究竟是希望，时间久了，他们那饿陷了的眼眶又葬埋了所有的希望。

△河南一百十县（连沦陷县份在内），遭灾的就是这个数目，不过灾区有轻重而已，兹以河流来别：临黄河与伏牛山地带为最重，洪河、汝河及洛河流域次之，唐河、

淮河流域又次之。

△河南是地瘠民贫的省份，抗战以来三面临敌，人民加倍艰苦，偏在这抗战进入最艰难阶段，又遭天灾。今春（指旧历）三四月间，豫西遭雹灾，遭霜灾，豫南豫中有风灾，豫东有的地方遭蝗灾。入夏以来，全省三月不雨，秋交有雨，入秋又不雨，大旱成灾。豫西一带秋收之荞麦尚有希望，将收之际竟一场大霜，麦粒未能灌浆，全体冻死。八九月临河各县黄水溢堤，汪洋泛滥，大旱之后复遭水淹，灾情更重，河南就这样变成人间地狱了。

△现在树叶吃光了，村口的杵臼，每天有人在那里捣花生皮与榆树皮（只有榆树皮能吃），然后蒸着吃。在叶县，一位小朋友对我说："先生，这家伙刺嗓子！"

△每天我们吃饭的时候，总有十几二十几个灾民在门口鹄候号叫求乞。那些菜绿的脸色，无神的眼睛，叫你不忍心去看，你也没有那些剩饭给他们。

△今天小四饥死了，明天又听说友来吃野草中毒不起，后天又看见小宝死在寨外。可怜那些还活泼乱跳的下一代，如今都陆续地离开了人间。

△最近我更发现灾民每人的脸都浮肿起来，鼻孔与眼角发黑。起初我以为是因饿而得的病症。后来才知是

因为吃了一种名叫"霉花"的野草中毒而肿起来。这种草没有一点水分,磨出来是绿色,我曾尝试过,一股土腥味,据说猪吃了都要四肢麻痹,人怎能吃下去!灾民明知是毒物,他们还说:"先生,就这还没有呢!我们的牙脸手脚都是吃得麻痛!"现在叶县一带灾民真的没有"霉花"吃,他们正在吃一种干柴,一种无法用杵臼捣碎的干柴,所好的是吃了不肿脸不麻手脚。一位老夫说:"我做梦也没有想到吃柴火!真不如早死。"

△牛早就快杀光了,猪尽是骨头,鸡的眼睛都饿得睁不开。

△一斤麦子可以换二斤猪肉,三斤半牛肉。

△在河南已恢复了原始的物物交换时代。卖子女无人要,自己的年轻老婆或十五六岁的女儿,都驮到驴上到豫东驮河、周家口、界首那些贩人的市场卖为娼妓。卖一口人,买不回四斗粮食。麦子一斗九百元,高粱一斗六百四十九元,玉米一斗七百元,小米十元一斤,蒸馍八元一斤,盐十五元一斤,香油也十五元。没有救灾办法,粮价不会跌落的,灾民根本也没有吃粮食的念头。老弱妇孺终日等死,年轻力壮者不得不铤而走险,这样下去,河南就不需要救灾了,而需要清乡防匪,维持地方的治安。

△严冬到了,雪花飘落,灾民无柴无米无衣无食,冻馁交迫。那薄命的雪花正象征着他们的命运。救灾刻不容缓了。

· 三 ·

重庆黄山官邸。这里生机盎然,空气清新,一到春天就是满山的桃红和火焰般的山茶花。自南京陷落以后,国民政府迁都重庆,这里是蒋介石委员长的住处。当时蒋在重庆有四处官邸,这是其中之一。领袖的官邸,与国家沦陷、国家强弱没有关系;这里既不比南京的几处官邸差,也不比美国的白宫、英国的唐宁街十号逊色。领袖总是领袖,那时候,只要能当上领袖,不管当上什么肤色、民族的领袖,都可以享受到世界一流的衣、食、住、行。虽然所统治的民众大相径庭。所以,我历来赞成各国领袖之间握手言欢,因为他们才是真正的阶级兄弟;各国民众之间,既不必联合,也没什么可说的。即使发生战争,也不可怕,世界上最后一颗炮弹,才落在领袖的头上。如果发生世界性的核战争,最后剩下的,就是各国的几位领袖,因为他们这时住在风景优美的地球上空,掌握着核按钮。掌握按钮的人,历来是不会受伤害的。黄山官邸以云岫楼和松厅为中心结构,蒋住云岫楼,仪态万方的宋美龄住松厅。当然,夜间就难说了,如果两人有兴致的话。在两处住宅之间的低谷里,专门挖有防空洞,供蒋、宋躲他们阶级兄弟日本天皇陛下的飞机。至于蒋、宋的日常生活,这不是我们所能想象的,反正整日地吃喝,比五十年后我们十二亿人中的十一亿九千九百九十九万人还要好,还要不可想象。虽然蒋只喝白水,不饮酒、不抽烟,安假牙,信基督,但他也肯定知道,榆树皮和"霉花",是不可吃的,可吃的是西餐和中餐中的各种菜系。一九四二年,蒋与他的参谋长、美国人史迪威发生矛盾,在黄山官邸吵嘴,即要不欢而散,宋美龄挽狂澜于既倒,美丽地笑着说:

"将军,都是老朋友了,犯不着这样怄气。要是将军能赏光到我的松厅别墅去坐一坐,将会喝到可口的咖啡!"

这是我在一本书上读到的。读到这里,我对他们吵不吵嘴并不感兴趣,反正吵嘴的双方都已经去了,不在这个世界上了。我注意到:一九四二年,中国还是有"可口的咖啡",虽然我故乡的人民在吃树皮、柴火、稻草和使人身体中毒发肿的"霉花",最后饿死三百万人。当然,这样来故意对比,说明我这个人无聊,把什么事情都弄得庸俗化。我也知道,对一个泱泱大国政府首脑的要求,不在他的夫人有无有咖啡,只要他们每天不喝人血，（据说中非的皇帝就每天喝人血。）无论喝什么，吃什么，只要能把国家治理好，就是一个民族英雄和历史伟人。我在另一本书上看到，蒋为了拉拢一部地方武装，对戴笠说："你去办一办。记住，多花几个钱没关系。"这钱从何而来呢？我只是想说，一九四二年，当我故乡发生大旱灾、大饥饿的消息传到黄山官邸时，蒋委员长对这消息不该不相信。当然，也不是不信，也不是全信，他说：可能有旱灾，但情况不会这么严重。他甚至怀疑是地方官员虚报灾情，像军队虚报兵员为了吃空额一样，想多得一些救济粮和救济款。蒋委员长的这种态度，在几十年后的今天，受到许多书籍的指责。他们认为委员长不体察民情、不爱民如子、固执等。他们这种爱民如子、横眉冷对民贼独夫的态度，也感染了我的情绪。但当我冷静下来，我又是轻轻一笑。这时我突然明白，该受指责的不是委员长，而是几十年后这些书的自作聪明的作者。是侍从在梦中，还是丞相在梦中？侍从在梦中。不设身处地，不身居高位，怎么能理解委员长的心思？书籍的作者，不都是些百无一用的书生吗？委员长连委员长都当上了，头脑不比一个书生聪明？是书生领导委员长，还是委员长领导书生？是委员长见多识广，还是书生见多识广？一切全在委员长——万般世界，五万万百姓，皆在委员长心中。只是，当时的委员长的所思所想，高邈深远，错综复杂，并不被我们所理解。委员长真不相信河南有大旱灾、旱灾会饿死人吗？非也。因为从委员长的出身考察，相对于宋美龄小姐来说，委员长还算是苦出身。委员长自己写道：

> 我九岁丧父……当时家里的悲惨情况实在难以形容。我家无依无靠，没有势力，很快成了大家污辱和虐待的对象。

这样一个出身的人，不会不知道下层大众所遭受的苦难。在一个省的全部范围内发生了大旱灾，情况严重到什么程度，他心里不会没底。但他认为：可能有旱灾，但不会这么严重。于是书生们上了当，以为委员长是官僚主义。其实在梦中的是书生，清醒的是委员长。那么为什么心里清楚说不清楚呢？明白情况严重而故意说不严重呢？这是因为摆在他面前的，有更多的，比这个旱灾还严重的混沌不清需要他理清楚处理妥当以致不犯历史错误的重大问题。须知，在东方饿死三百万人不会影响历史。这时的委员长，已不是一个乡巴佬，而是一个领袖。站在领袖的位置上，他知道轻重缓急。当时能导致历史向不同方向发展的事情大致有：一、中国的同盟国地位问题。当时的同盟国有美、英、法、苏、中等。蒋虽是中国的领袖，但同盟国的领袖们坐在一起开会，如开罗会议，蒋就成了一个普通人，成了一个小弟兄，成了一个无足轻重的人。大家在一起，似乎罗斯福、丘吉尔、斯大林，都不把蒋放在眼里。不把蒋放眼里，就是不把中国放到眼里。由此一来，在世界战局的分布上，中国就常常是战略的受害者。而中国最穷，必须在有外援的情况下才能打这场战争，所以常常受制于人，吃哑巴亏；带给蒋个人的，就是仍受"侮辱和虐待"。这是他个人心理上暗自痛恨的。二、对日战争问题。在中国正面战场，蒋的军队吸引了大部分在华日军；虽然不断丢失土地，但从国际战略上讲，这种牵制本身，就给其他同盟国带来莫大的利益；但同盟国其他领袖并没认清这一点或是认清了这一点而故意欺辱人，所给的战争物资，与国民党部队所担负的牵制任务，距离相差非常大；从国内讲，国民党部队在正面战场牵制日军，使得共产党在他的根据地得到休养生息，这是蒋的心腹大患，于是牵涉到了对共产党的方针。蒋有一著名的理论，"攘外必先安内"。这口号从民族利益上讲，是狭隘的，容易激起民愤的；如果从蒋的统治利益出发，又未尝不是一个统治者必须采取的态度。如只是攘外，后方的敌人发展起来，不是比前方的敌人更能直捣心脏吗？关于这一方针，他承受着巨大的国际、国内压力。三、国民党内部、国民政府内部各派系的斗争。蒋曾很后悔地说：北伐战争之后，我不该接受那么多军阀部队。一九四九年后说：我不是被共产党打倒的，我是被国民党打倒的。可见他平日心情。四、他与他的参谋长——美军上将史迪威将军，发生了严重的战略上和个人间的矛盾，这牵涉到对华援助和蒋个人在美国的威信问题。史迪威已开始在背后不体面地称这位中华民族的领袖为"花生米"——以上所有这些问题，包括一些我们还没觉察到而蒋在他的位置上已经觉察到的问题，都有可能改变历史的方向和写法，这时，出现了一个地方省（当时全国三十多个省）的旱灾，显得多么无足轻重。死掉一些本就无用、是社会负担的老百姓，不会改变历史的方向；而他在上层政治的重大问题上处理稍有不慎，历史就可能向不利于他的方向发展，后来一九四五年至一九四九年，就证明了这一点。上述哪一个重大问题，对于一个领袖来讲，都比三百万人对他及他的统治地位影响更直接，更利益交关。从历史地位上说，三百万人确没有一粒"花生米"重要。所以，他心里清楚旱灾，仍然要说：可能有旱灾，但不会那么严重。于是他厌恶那些把他当傻瓜当官僚以为他不明真相而不厌其烦向他提供真情况的人，特别是那些爱管闲事、爱干涉他国内政的外国人。这就是蒋委员长此时此刻的心境。当然，这是站在蒋的立场上考察问题；如果换一个角度，当我们站在几千万灾民的立场上去考察，就觉得蒋无疑是独夫民贼，置人民的生死于不顾了。世界有这样一条真理：一旦与蒋这样的领袖相处，我们这些普通的百姓就非倒霉不可。蒋的这种态度，使受灾的几千万人只有吃树皮、稻草、干柴和"霉花"，而得不到一个政府所应承担的救济、调剂和帮助义务。于是，人口在大面积死亡。但这不是事情最重要的部分，事情最重要的部分是：

在大面积受灾和饿死人的情况下，政府向这个地区所征的实物税和军粮任务不变。

陈布雷说：

委员长根本不相信河南有灾，说是省政府虚报灾情。李主席（培基，河南省政府主席）的报灾电，说什么"赤地千里""哀鸿遍野""嗷嗷待哺"等等，委员长就骂是谎报滥调，并且严令河南的征实不能缓免。

这实际等于政府又拿了一把刀子，与灾害为伍，在直接宰杀那些牲口一样的两眼灰蒙蒙、东倒西歪的灾民。于是，死的死了；没死的，发生大面积背井离乡的逃荒。五十年后的今天，我们也会像蒋委员长那样说：情况不会那么严重吧？这是一种事物的惯性，事物后特别过很长一段时间后再来想事物，我们总是宽宏大量地想：事情不会那么严重吧？但在当时，可知历史是一点不宽容的。为了证明这一点，我们又得引用资料。我认为这种在历史中打捞事件的报告式的文字，引用资料比作者胡编乱造要更科学一些。后者虽然能使读者身临其境，但其境是虚假的；资料也可能虚假，但五十年前的资料，总比五十年后的想象更真实一些。一九四二年，美

国驻华外交官约翰·S.谢伟思在给美国政府的报告中写道:

河南灾民最大的负担是不断加重的实物税和征收军粮。由于在中条山失陷之前,该省还要向驻守山西南部的军队和驻守在比较穷困的陕西省的军队提供给养,因而,负担也就更加沉重了。在陕西省的四十万驻军的主要任务是"警戒"共产党。

我从很多人士那里得到的估计是:全部所征粮税占农民总收获的30%—50%。其中包括地方政府的征税,全国性的实物土地税(通过省政府征收)以及形形色色、无法估计的军事方面的需求。税率是按正常的年景定,而不是按当年的实际收成定。因此,收成越坏,从农民征收的比例就越大。征粮要缴纳小麦,因此,他们所收获的小麦很大一部分要用于纳粮。

有很可靠的证据表明,向农民征收的军粮是超过实际需要的。中国军官的一个由来已久的,仍然盛行不衰的惯例,就是向上级报告的部队人数超过实际所有的人数。这样他们就可以吃空额,谋私利。洛阳公开市场上的很大一批粮食,就是来自这个方面……

人们还普遍抱怨,征粮征税负担分配不公平。这些事是通过保甲长来办的,他们自己就是乡绅、地主。他们通常都是要使自己和他们的亲朋好友不要纳粮纳税太多。势力还是以财富和财产为基础：穷苦农民的粮食，往往被更多地征去了。这就正像是他们的儿子，而不是甲长和地主的儿子，被拉去当兵一样。

河南的情况是如此之糟，以致在好几年中都有人逃荒到陕西、甘肃和川北……结果是河南的人口相对减少，而留下来的，人和赋税负担相对加重了。在前线地区，农民的日子最苦，那里受灾也最重。因此，来自那里的人口流动也最多。来自郑州的一位传教士说，早在当年的饥荒袭来之前，那个地区的许多田园就已荒无人烟了。

这种情况今年发展到了顶点。最盲目的政府官员也认识到，在小麦歉收后，早春将发生严重缺粮。早在七月间，每天就有约一千名难民逃离河南，但是，征粮计划不变。在很多地区，全部收成不够纳粮的需要。在农村发生了一些抗议，但都是无力的，分散的，没有效果的。在少数地方，显然使用了军队对付人民。吃着榆树皮和干树叶的灾民，被迫把他们最后一点粮食种子交给税收机关。身体虚弱得几乎走不动路的农民还必须给军队交纳军马饲料。这些饲料比起他塞进自己嘴里的东西，其营养价值要高得多。

以上是谢伟思的报告。为什么我引用谢的文字而不引证别的书籍呢？因为谢是外国人，不身在复杂的其中，也许能更客观一些。但谢伟思所说的，还不是最严重的，即，在灾难中的灾民，并不被免除赋税，而是严令其仍按正常年景税赋征收，因而实际上税赋已超过正常年景还不是重要的，更重要的，是统治这些灾民的一些官员，还借灾民的灾难去投机发财。据美国记者白修德亲眼所见，有些部队的司令把部队的余粮卖给灾民，发了大财。来自西安和郑州的商人，政府的小官吏、军官以及仍然储蓄着粮食在手的地主，拼命以罪恶的低价收买农民祖辈留下来的田地。土地的集中和丧失同时进行，其激烈程度与饥饿的程度成正比。

当我们被这么一些从委员长一直到小官吏、地主所统治的时候，我们的命运操纵在他们手里，我们对他们的操纵能十分放心吗？

后来，就必然出现了大批的脱离了土地的灾民，出现一个由东向西的大规模的流民图。这流民中，就包括河南延津县王楼乡老庄村的俺二姥娘、俺三姥娘全家，包括村里其他许多父老乡亲。他们虽然一辈子没有见过委员长，许多青壮年一听委员长还自觉立正，但是，委员长在富丽堂皇的黄山官邸的态度，一颦一笑，都将直接决定他们的生死和命运。委员长思索：中国向何处去？世界向何处去？他们思索：我们向哪里去逃荒？

· 四 ·

花爪舅舅直到现在还有些后悔。当初在洛阳被抓了壮丁，后来为什么要逃跑，没有在部队坚持下来呢？我问：

"当时抓你的是哪个部队？"

花爪舅舅：

"国军。"

我：

"我知道是国军，国军的哪一部分？"

花爪舅舅：

"班长叫个李狗剩，排长叫个闫之栋。"

我：

"再往上呢？"

花爪舅舅：

"再往上就不知道了。"

我事后查了查资料,当时占据洛阳一带的国民党军队,隶属胡宗南。我问:

"被抓壮丁后干什么去了?"

花爪舅舅:

"当时就上了中条山,派到了前线。日本人的迫击炮,'啾啾'地在头上飞。打仗头一天,班副和两个弟兄就被炸死了。我害怕了,当晚就开溜了。现在想起来,真是后悔。"

我:

"是呀,大敌当前,民族矛盾,别的弟兄牺牲了,你开溜了,是不大像话,该后悔。"

花爪舅舅瞪我一眼:

"我不是后悔这个。"

我一愣:

"那你后悔什么?"

花爪舅舅:

"当初不开溜,后来跑到台湾,现在也成台胞了。像通村的王明芹,小名犟驴,抓壮丁比我还晚两年,后来到了台湾,现在成了台胞,去年回来了,带着小老婆,戴着金壳手表,镶着大金牙,县长都用小轿车接他,是玩的不是?这不能怪别的,只能怪你舅眼圈子太小,年轻不懂事。当时我才十五六岁，只知道活命了。"

我明白了花爪舅舅的意思。我安慰他：

"现在后悔是对的，当初逃跑也是对的。你想，一九四三年，离抗日战争结束还有两年，以后解放战争还有五年，谁也难保证你在诸多的战斗中不像你们班副一样被打死。当然，如果不被打死，就像犟驴一样成了台胞；如果万一被打死，不连现在也没有了。"

花爪舅舅想了想：

"那倒是，子弹没长眼睛；我就是这个命，咱没当台胞那个命。"

我说：

"你虽然没当台胞，但在咱们这边，你也当了支书，总起来说混得还算不错。"

花爪舅舅立即来了精神：

"那倒是，支书我一口气当了二十四年！"

但马上又颓然叹口气：

"但是十个支书，加起来也不顶一个台胞呀。现在又下了台，县长认咱是谁呀。"

我安慰他：

"认识县长也没什么了不起,不就是一个犟驴吗？舅舅，咱们不说犟驴了，咱们说说，俺二姥娘一家、三姥娘一家，当初是怎么逃荒的，你身在其中，肯定有许多亲身经历。"

一说到正题，花爪舅舅的态度倒是变得无所谓，叙述得也简单和枯燥了，两手相互抓着说：

"逃荒就逃荒呗。"

我：

"怎么逃荒，荒怎么逃法？"

他：

"俺爹推着独轮车，俺二大爷挑着箩筐，独轮车上装些锅碗瓢盆，箩筐里挑些小孩。路上拉棍要饭，吃树皮，吃杂草。后来到了洛阳，我就被抓了兵。"

我不禁埋怨：

"你也说得太简单了，路上就没有什么现在还记得的事情？"

他眨眨眼：

"记得路边躺着睡觉特冷，半夜就冻醒了。见俺爹俺娘还在睡，也不敢说话。"

我：

"后来怎么抓的兵？"

他：

"洛阳有天主教办的粥厂，我去挤着打粥，回来路上，就被抓了兵。"

我：

"抓兵俺三姥爷三姥娘知道不？"

他摇摇头：

"他们哪里知道？认为我被人拐跑了。再见面就是几年之后了。"

我点点头，又问：

"你被抓兵他们怎么办？"

他：

"几年后我才听俺娘说，他们扒火车去陕西。扒火车时，俺爹差点让火车轧着。"

我：

"俺二姥娘家一股呢？"

他：

"你二姥爷家扒火车时，扒着扒着，火车就开了，把个没扒上来的小妹妹——你该叫小姨，也给弄失散了，直到现在没找见。"

我点点头，又问：

"路上死人多吗？"

他：

"怎么不多，到处是坟包，到处是死人。扒火车还轧死许多。"

我：

"咱家没有饿死的？"

他：

"怎么没有饿死的，你二姥爷，你三妗，不都是饿死在道儿上？"

我：

"就没有一些细节？"

这时花爪舅舅有些不耐烦了，愤怒地瞪我一眼：

"人家人都饿死了，你还要细节！"

说完，丢下我，独自蹶蹶地走了，把我扔在一片尴尬之中。这时我才觉得朋友把我打发回一九四二年真是居心不良，我在揭亲人和父老的已经愈合五十年的伤疤，让他们重新露出血淋淋的创面；何况这疤痂也结得太厚，被岁月和灰尘风干成了盔甲，搬动它像搬动大山一样艰难费劲。

没有风，太阳直射在一大溜麦秸垛上。麦秸垛旁显得很温暖。我蹲在麦秸垛旁，正费力地与一个既聋又瞎话语已经说不清楚且流鼻涕水的八十多岁的老人说话。老人叫郭有运。据县政协委员韩给我介绍，他是一九四三年大逃荒中家中受损失最重的一个。老婆、老娘、三个孩子，全丢在了路上。五年后他从陕西回来，已是孤身一人。现在的家庭，属于重起炉灶。但看麦秸垛后他重搭的又经营四十多年的新炉灶，证明他作为人的能力，还属上乘。因为那是我故乡乡村中目前还不常见的一幢不中不西的二层小楼。但如果从他年龄过大而房子很新的角度来考察，这不应算是他的能力，成绩应归功于坐在我们中间当翻译的留着分头戴着"戈尔巴乔夫"头像手表的四十岁的儿子。他的儿子一开始对我的到来并不欢迎，只是听说我与这个乡派出所的副所长是光屁股同学，才对我另眼相看。但听到我的到来与现实中的他没有任何关联，而是为了让他爹和我共同回到五十年前，而五十年前他还在风里云里飘，就又有些不耐烦。老人家的嘴漏风，呜里哇啦，翻译不耐烦，所得的五十年前的情况既生硬又零碎。我又一次深深体会到，在活人中打捞历史，实在不是一件容易的事。郭有运在一九四三年逃荒中的大致情况是：一上路，他娘就病了；为了给他娘治病，卖掉一个小女；为卖这个小女，跟老婆打了一架。打架的原因不单纯是卖女心疼，而是老婆与婆婆过去积怨甚深，不愿为治婆婆的病卖掉自己的骨肉。卖了小女，娘的病也没治好，死在黄河边，软埋（没有棺材）在一个土窑里。走到洛阳，大女患天花，病死在慈善院里。扒火车去潼关，儿子没扒好，掉到火车轮下给轧死了。剩下老婆与他，来到陕西，给人拦地放羊。老婆嫌跟他生活苦，跟一个人拐子逃跑了。剩下他自己。麦秸垛前，他一把鼻涕一把泪地摊着手：

"我逃荒为了啥？我逃荒为图大家有个活命，谁知逃来逃去剩下我自己，我还逃荒干什么？早知这样，这荒不如不逃了，全家死还能死到一块儿，这死得七零八落的。"

这段话他儿子翻得很完全。我听了以后也感到是一个怪圈。我弄不明白的还有，现在不逃荒了，郭有运的新家有两层小楼，为什么还穿得这么破衣烂衫，仍像个逃荒的样子呢？如果不是老人家节俭的习惯，就是现实中的一切都不属于他。这个物质幸福的家庭，看来精神上并不愉快。这个家庭的家庭关系没有或永远没法理顺。我转过头对他儿子说：

"老人家也不易，当年逃荒那个样子！"

谁知他儿子说：

"那怪他窝囊。要让我逃荒，我决不会那么逃！"

我吃了一惊：

"要让你逃，你怎么逃？"

他儿子：

"我根本不去陕西！"

我：

"你去哪儿？"

他儿子：

"我肯定下关东！关东不比陕西好过？"

我点头。关东肯定比陕西富庶，易于人活命。但我考察历史，我故乡没有向关东逃荒的习惯：闯关东是山东、河北人的事。我故乡遇灾遇难，流民路线皆是向西而不是往北。虽然西边也像他的故乡一样贫瘠。当然，一九四二、一九四三年还有一个特殊情况，就是东北三省已被日本人占了，去了是去当亡国奴。我把这后一条理由向他儿子谈了，谁知他一挥手上的"戈尔巴乔夫"，发出惊人论调：

"命都顾不住了，还管地方让谁占了？向西不当亡国奴，但他把你饿死了。换你，你是当亡国奴好呢，还是让饿死呢？不当亡国奴，不也没人疼没人管吗？"

我默然，一笑。他提出的问题我解答不了。我想这是蒋委员长的失算，及他一九四九年逃到台湾的深刻原因。假如我处在一九四二年，我是找不管不闻不理不疼不爱我的委员长呢，还是找还能活命的东北关外呢？

告别郭有运和他的儿子，我又找到十李庄一位姓蔡的老婆婆。但这次采访更不顺利，还没等我与老婆婆说上话，就差点遭到他儿子的一顿毒打。姓蔡的婆婆今年七十岁，五十年前，也就二十岁。在随爹娘与两个弟弟向西逃荒时，路上夜里睡觉，全家的包袱、细软、盘缠、粮食，全部被人席卷一空。醒后发现，全家人只好张着傻嘴大哭。再向西逃没有活路。她的爹娘只好把她卖掉，保全两个弟弟。一开始以为卖给了人家，但人贩子将她领走，转手又倒卖给窑子，从此过了五年皮肉生涯。直到一九四八年，国共两党的军队交战，隆隆炮声中，她才逃出妓院，逃回家乡。像郭有运老汉一样，她现在的家庭、儿子、女儿一大家人，都是重起炉灶另建立的。她五年的肮脏非人生活，一直埋藏在她自己和大家的心底，除非邻里吵架时，被别的街坊娘儿们重新抖搂一遍。但到了八十年代后期，她的这段生活，突然又显示出它特有的价值。本地的、外地的一些写畅销书的人，都觉得她这五年历史有特殊的现实意义，纷纷来采访她，要以她五年接客的种种情形，写出一本《我的妓女生涯》的自传体畅销书。从这题目看，畅销是必然的。众多写字的来采访，一开始使这个家庭很兴奋，原来母亲的经历还有价值，值得这些衣着干净人的关心。大家甚至感到很荣耀。但时间一长，当儿女们意识到写字的关心他们的目的，并不是为了关心他们自身，而是为了拿母亲的肮脏经历去为自己赚钱，于是她的儿女们，这些普普通通的庄稼人，突然感到自己受了骗，受了污辱。于是对再来采访的人，就怒目而视。为此，他们扬扬自得仍兴奋地沉浸在当年情形中的母亲，受到了她的儿女们的严厉斥责。母亲从此对五十年前的事情又守口如瓶；已经说过的，也断然反悔。这使已经写下许多文字的人很尴尬。《我的妓女生涯》也因此夭折。这桩公案已经过去好几年了，现在我到这里来，又被她的儿子认为是来拿他母亲的肮脏经历赚钱的，要把已经夭折的"妓女生涯"再搭救起来。因此,我还没能与老婆婆说上话,他儿子的大棒,已差点落到我的头上。我不是一个多么勇敢的人,只好知难而退。而且我认为为了写这篇文章,去到处揭别人伤疤,特别是一个老女人肮脏的脓疮时,确实不怎么体面。我回去告诉了在乡派出所当副所长的我的小学同学,没想到他不这么认为,他怪我只是方式不对。他甩了甩手里的皮带说:

"这事你本来就应该找我!"

我:

"怎么,你对这人的经历很清楚?"

他:

"我倒也不清楚,但你要清楚什么,我把她提来审一下不就完了?"

我吃一惊,忙摆手:

"不采访也罢,用不着大动干戈。再说,她也没犯罪,你怎么能说提审就提审!"

他瞪大眼珠:

"她是妓女,正归我打击,我怎么不可以提审?"

我摆手:

"就是妓女,也是五十年前,提审也该那时的国民党警察局提审,也轮不到五十年后的你!"

他还不服气：

"五十年前我也管得着，看我把她抓过来！"

我忙拦住他，用话岔开，半天，才将气呼呼的他劝下。离开他时，我想，同学毕竟是同学呀。

为了把这次大逃荒记述下去，我们只好再次借助于《时代》周刊记者白修德。文章写到这里，我已清楚地意识到，白修德，必将成为这篇文章的主角。这不是因为别的，是因为一九四二年的河南大灾荒，已经没有人关心。当时的领袖不关心，政府不关心，各级官员在倒卖粮食发灾难财，灾民自己在大批死去，没死的留下的五十年后的老灾民，也对当年处以漠然的态度。这时，唯有一个外国人，《时代》周刊记者白修德，倒在关心着这片饥荒的土地和三百万饿死的人。自己的事情，自己这样的态度，自己的事情让别人关心、同情，说起来让五十年后的我都感到脸红。当然，白修德最初的目的，也不是为了关心我们的民众，他是出于一个新闻记者的敏感，要在大灾荒里找些可写的东西。无非是在找新闻的时候，悲惨的现实打动了他，震撼了他，于是产生了一个正常人的同情心，正义感，要为之一呼。这就有了以后他与蒋介石的正面冲突。说也是呀，一个美国人可以见委员长，有几个中国人，可以见到自己的委员长呢？怕是连政府的部长，也得事先预约吧。我们这些无依无靠的灾民，像自己父母一样的各级官员我们依靠不得，只好依靠一个力量并不强大的外国记者了。特别是后来，这种依靠竟也起了作用，这让五十年后的我深受震动、目瞪口呆。

　　白修德在一本《探索历史》的书中，描述了他一九四三年二月的河南之行。同行者是英国《泰晤士报》记者哈里逊·福尔曼。在这篇文字开头我曾说到，在他们到达郑州时，曾在我的家乡吃过一顿"他能吃过的最好的筵席之一"。他们当时的行走路线是，从重庆飞抵宝鸡，乘陇海线火车从宝鸡到西安，到黄河，到潼关，然后进入河南。为防日本人炮击，从潼关换乘手摇的巡道车，整整一天，到达洛阳。所走的正是难民逃难的反方向。到达河南后，骑马到郑州，然后由郑州搭乘邮车返回重庆。从这行走路线看，是走马观花，只是沿途看到一些情形。记下的，都是沿途随时的所见所闻。这些所见是零碎的，所谈的见解带有很大的个人见识性。何况中美国情不同，这种个人见解离实际事物所包含的真正意蕴，也许会有一段距离。但我们可以抛开这些见识，进入他的所见，进入细节；他肉眼看到的路边事实，总是真实的。我们可以根据这些事实，去自己见识一九四三年的河南灾民大逃荒。我试图将他这些零碎的见闻能归纳得有条理一些：

　　一、灾民的穿戴和携带。灾民逃出来时，穿的都是他们最好的衣服，中年妇女穿着红颜绿色的旧嫁衣，虽然衣服上已是污迹斑斑；带的是他们家中最有价值的东西，烧饭铁锅、铺盖，有的还有一座老式座钟。这证明灾民对自己的故乡已彻底失去信心，没有留恋，决心离开家乡热土；连时间——座钟都带走了。白修德与他的伙伴在潼关车站睡了一夜。他说，那里到处是尿臊味、屎臭味和人身上的臭味。为了御寒，许多人头上裹着毛巾，有帽子的把帽耳朵放下来。他们在这里的目的，是为了等待往西去的火车，虽然这种等待是十分盲目的。

二、逃荒方式。不外是扒火车和行走。扒火车很不安全。白修德说，他沿途见到许多血迹斑斑的死者。一种是扒上了火车，因列车被日本人的炮弹炸毁而丧命；有的是扒上了车厢顶，因夜里手指冻僵，失去握力，自己从车厢顶摔下摔死的；还有的是火车没扒上，便被行走的火车轧死了。轧死还好些，惨的是那些轧上又没轧死的。白见到一个人躺在铁轨旁，还活着，不停地喊叫，他的小腿被轧断，腿骨像一段白色的玉米秆那样露在外面。他还见到一个把臀部轧得血肉模糊还没死去的人。白修德说，流血并不使他难过，难过的是弄不明白这些景象究竟是怎么回事。这么无组织无纪律的迁徙，他们各级政府哪里去了？——这证明白修德太不了解中国国情了。

扒不上火车或对火车失望的，便是依靠自己的双腿，无目的无意识地向西移动。白修德说，整整一天，沿着铁路线，"我见到的便是这些由单一的、一家一户所组成的成群结队一眼望不到头的行列"。这种成群结队是自发的、无组织的，只是因为饥荒和求生的欲望，才使他们自动地组成了灾民的行列。可以想象，他们的表情是漠然的，他们也不知道，前边等待他们的是什么。唯一留在心中的信心，便是他们自己心中对前方未来的希望。也许能好一些，也许熬过这一站就好了。这是中国人的哲学，这又是白修德所不能理解的。灾民的队伍在寒冷的气候中行走。不论到哪里，只要他们由于饥寒或筋疲力尽而倒下，他们就再也起不来了。独轮车装着他们的全部家当，当爹的推着，当娘的拉着，孩子们跟着。缠足的老年妇女蹒跚而行。有的当儿的背着他们的母亲。在路轨两旁艰难行走在行列中，没有人停顿下来。如果有孩子伏在他的父亲或母亲的尸体上痛哭，他们会不声不响地从他身旁走过。没有人敢收留这啼哭的孩子。

三、卖人情况。逃荒途中，逃荒者所带的不多的粮食很快就会被吃光。接着就吃树皮、杂草和干柴。白边走边看到，许多人在用刀子、镰刀和菜刀剥树皮。这些树据说都是由爱好树木的军阀吴佩孚栽种的。榆树剥皮后就会枯死。当树皮、杂草、干柴也没得吃时，人们开始卖儿卖女，由那些在家庭中处于支配地位的人，去卖那些在家庭中处于被支配地位的人。这时同情心、家属关系、习俗和道德都已荡然无存，人们唯一的想法是要吃饭，饥饿主宰了世界上的一切。九岁男孩卖四百元，四岁男孩卖两百元，姑娘卖到妓院，小伙子往往被抓丁。抓丁是小伙子所欢迎的，因为那里有饭吃。如我的花爪舅舅。

四、狗吃人情况。由于沿途死人过多，天气又冷，人饥饿无力气挖坑，大批尸体曝尸野外，这给饥饿的狗提供了食品。可以说，在一九四三年的河南灾区，狗比人舒服，这里是狗的世界。白修德亲眼看到，出洛阳往东，不到一个小时，有一具躺在雪地的女尸，女尸似乎还很年轻，野狗和飞鹰，正准备瓜分她的尸体。沿途有许许多多像灾民一样多的野狗，都逐渐恢复了狼的本性，它们吃得膘肥肉厚。野地里到处是尸体，为它们的生存与繁殖提供了食物场。有的尸体已被埋葬了，野狗还能从沙土堆里把尸体扒出来。狗可能还对尸体挑挑拣拣。挑那些年轻的、口嫩的、女性温柔的。有的尸体已被吃掉一半，有的脑袋上的头肉也被啃得一干二净，只剩下一个骷髅。白将这种情况，拍了不少照片。这些照片，对日后的没被狗吃仍活着的灾民，倒是起了不小的作用。

五、人吃人情况。人也恢复了狼的本性。当世界上再无什么可吃的时候，人就像狗一样会去吃人。白说，在此之前，他从未看到过任何人为了吃肉而杀死另一个人，这次河南之行，使他大开眼界，从此相信人吃人在世界上确有其事。如果人肉是从死人身上取下的倒可以理解，反正狗吃是吃，人吃也是吃；但情况往往是活人吃活人，亲人吃亲人。人自我凶残到什么程度？白见到，一个母亲把她两岁的孩子煮吃了；一个父亲为了自己活命，把他两个孩子勒死，然后将肉煮吃了。一个八岁的男孩，逃荒路上死了爹娘，碰到汤恩伯的部队，部队硬要一家农民收容弃儿。后来这个孩子不见了。经调查，在那家农户的茅屋旁边的大坛子里，发现了这孩子的骨头；骨头上的肉，被啃得干干净净。还有易子而食的，易妻而食的。——写到这里，我觉得这些人不去当土匪，不去合伙谋杀，不去组成三K党，不去成立恐怖组织，实在辜负了他们吃人吃亲人吃孩子的勇气。从这点出发，我对地主分子范克俭舅舅气愤叙述的一帮没有逃荒的灾民揭竿而起，占据他家小楼，招兵买马，整日杀猪宰羊的情形，感到由衷的欢欣和敬佩。在那个时代，一个不会揭竿而起只会在亲人间相互蚕食的民族，是没有任何希望的。虽然这些土匪，被人用浸油的高粱秆给烧死了。他们的领头人叫毋得安。这是民族的脊梁和希望。

· 五 ·

《大公报》被停刊三天。《大公报》停刊不怪《大公报》，全怪我故乡三千万灾民不争气。这些灾民中间，当然包括我姥娘一家，我二姥娘一家，我三姥娘一家，逃难的和留下的，饿死的和造反的，被狗吃的或被人吃的。虽然他们从来没有见过《大公报》。《大公报》重庆版于一九四三年二月一日刊载了他们在灾难中的各种遭遇。这激怒了委员长，于是下令停刊三天。当然，《大公报》这么做，一半是为了捕捉新闻，一半是出自中国知识分子的传统的被统治地位所带来的对劳苦大众的同情感。也许还有上层政治斗争牵涉到里面？这就不得而知了。他们派往灾区的记者叫张高峰。张高峰其人的个人历史、遭遇、悲欢，他的性格、为人及社会关系，虽然我很感兴趣，但根据我手头的资料，已无从考察；不过从文章中所反映出的个人品格，不失为一个素质优良、大概人到中年的男性。他在河南跑了许多地方，写了一篇前边曾引述过的《豫灾实录》。这篇稿子共六千字左右。没想到这六千字的文章，竟在偌大一个中国引起麻烦。麻烦的根本原因，是这六千字里写了三千万人的真实情况。其实三千万人每个人的遭遇都可以写上几万字、几十万字，他只写了六千字，六千字除以三千万，每人才平均 0.0002 个字，这接近于 0，等于没写。这竟引起了几亿人的委员长大发肝火。大发肝火的原因，许多人把其归罪于蒋的官僚主义。但如前所述，蒋决不是不相信，而是他手头还有许多比这重大得多的国际国内政治问题。他不愿让三千万灾民这样一件小事去影响他的头脑。三千万灾民不会影响他的统治，而重大问题的任何一个细枝末节处理不当，他都可能地位不稳甚至下台；轻重缓急，他心中自有掂量，绝不是我们这些书生和草民所能理解的。三千万里死了三百万，十个里边才死了一个，死了还会生，生生死死，无法穷尽，何必操心？这是蒋委员长对《大公报》不满的根本点，也是这起新闻事件的症结。悲剧在于，双方仍存在误会。写文章的仍认为是委员长不了解实情，不实事求是；委员长一腔怒火，又不好明发出来，于是只好把复杂的事情简单处理：下令停刊。

　　《豫灾实录》里除了描述灾区人民的苦难，还同样如《时代》周刊记者白修德那样,写了逃出灾区的灾民的路上情况。两相对照,我们就可以相信这场灾难与灾民逃难是真实的了。他写道,顺着陇海线逃往陕西的灾民成千上万,扒上火车的男男女女像人山一样。沿途遗弃子女者日有所闻,失足毙命者是家常便饭。因为扒火车,父子姑嫂常被截为两伙,又遭到骨肉分离之苦。人人成了一幅生理骨骼挂图。没扒火车步行逃难的,扶老携幼,独轮车父推子拉,六七十岁的老夫妻喘喘地负荷而行。"老爷,五天没吃东西啦!"

他写道:

> 我紧闭起眼睛,静听着路旁吱吱的独轮车声,像压在我的身上一样。

他还写到狗吃人、人吃人的情形。

情形当然都是真实的。如果只是真实的情况,《大公报》也不会停刊。要命的是在二月一日刊载了这篇"实录"之后,二月二日,《大公报》主编王芸生,又根据这篇"实录",结合政府对灾区的态度,写了一篇述评刊出,题目是《看重庆,念中原》,这才彻底打乱了蒋的思路,或者说,戳到了他的痛处,于是发火。

这篇述评说:

△昨日本报登载一篇《豫灾实录》，想读者都已看到了。读了那篇通讯，任何硬汉都得下泪。河南灾情之重，人民遭遇之惨，大家差不多都已知道；但毕竟重到什么程度，惨到什么情形，大家就很模糊了。谁知道那三千万同胞，大都已深陷在饥饿死亡的地狱。饿死的曝骨失肉；逃亡的扶老携幼，妻离子散，挤人丛，挨棍打，未必能够得到赈济委员会的登记证。吃杂草的毒发而死，啃干树皮的忍不住刺喉绞肠之苦。把妻女驮运到遥远的人肉市场，未必能够换到几斗粮食。这惨绝人寰的描写，实在令人不忍卒读。

　　△尤其令人不忍的，灾荒如此，粮课依然。县衙门捉人逼捐，饿着肚皮纳粮，卖了田纳粮。忆旧时读杜甫所咏叹的《石壕吏》辄为之掩卷叹息，乃不意竟依稀见到今日的事实。今天报载中央社鲁山电，谓"豫省三十一年度之征粮征购，虽在灾情严重下，进行亦颇顺利。"所谓："据省田管处负责人谈，征购情形极为良好，各地人民均罄其所有，贡献国家。"这"罄其所有"四个字，实出诸血泪之笔。

文章接下去描写重庆物价跳涨，市场抢购，限价无限，而阔人豪奢的情况。然后说：

> △河南的灾民卖田卖人甚至饿死，还照纳国课，为什么政府就不可以征发豪商巨富的资产并限制一般富有者"满不在乎"的购买力？看重庆，念中原，实在令人感慨万千。

这篇社评发表的当天，委员长就看到了。当晚，新闻检查所派人送来了国民党政府军事委员会限令《大公报》停刊三天的命令。《大公报》于是在二月三、四、五日停刊了三天。

对于王芸生其人，我也像对张高峰一样不甚了了。但从现有资料看，其人在当时与当局似过从甚密，与蒋的贴身人物陈布雷甚至蒋本人都有交往。但可以肯定，他毕竟只是一个办报的，并不理解委员长的处境和内心。不过对他写社评的这种稍含幼稚的勇气，就是放到今天，也不能不佩服。要命的是，《大公报》被停刊，王芸生感到很不理解，他认为，这篇文章不过尽写实任务之百一，为什么竟触怒委员长了呢？委员长提倡"民主"和"自由"，这不和他的口号相违背、公开压迫舆论了吗？为此，王芸生向陈布雷询问究竟，陈说了一段我们前边曾引述过的话。由于陈是蒋的贴身人物（侍卫室二组组长），这段话值得再引述一遍，由此可看出蒋的孤独和为难：

> 委员长根本不相信河南有灾，说是省政府虚报灾情。李主席（培基）的报灾电，说什么"赤地千里""哀鸿遍野""嗷嗷待哺"等等，委员长就骂是谎报滥调，并且严令河南的征实不得缓免。

可见连陈布雷也蒙在鼓里，陈的一番话，说得王芸生直眨巴眼。就像螺丝与螺母不但型号不同，连形状都不同，所以根本无法对接一样，王芸生怪委员长不恤民命，其实责任不在蒋一方，而是王芸生不懂委员长的心。反过来，蒋心里对王肯定是极大的蔑视与看不起，怪他幼稚，不懂事，出门做事不令人放心。因此，在这篇社评发表之前，一九四二年末，美国国务院战时情报局曾约定邀请王芸生访美。经政府同意，发了护照，买了外汇，蒋介石宋美龄还为王芸生饯了行。飞机行期已定，这时王读到张高峰的报道，写了《看重庆，念中原》这篇文章。距出发的前两天，王芸生接到国民党中央宣传部部长张道藩的电话，说：

"委员长叫我通知你，请你不要到美国去了。"

于是，王芸生的美国之行就作罢了。王、蒋之间，双方在不同层次、不同水平、不同想法之下，打了一场外人看来还很热闹、令人很义愤其实非常好笑和不得要领的交手仗。

可以肯定地说，《大公报》的灾区报道和社评，并没有改变蒋对灾区的已定的深思熟虑的看法和态度。采取的办法就是打板子、停报。知道这是从古到今对付文人的最好办法。文人的骨头是容易打断的。板子打了也就打了，报停了也就停了，美国之行不准也就不准了，接下去不会产生什么后果，唯一的效果是他们该老实了。所以，我与我故乡的三千万灾民，并不对张高峰的报道和王芸生的社评与呼喊表示任何感谢。因为他们这种呼喊并不起任何作用；惹怒委员长，甚至还起反面作用。我们可以抛开他们，我们应该感谢的是洋人，是那个美国《时代》周刊记者白修德。他在一九四二、一九四三年的大灾荒中，真给我们这些穷人帮了忙。所谓帮忙，是因为这些帮忙起了作用，不起作用的帮忙只会给我们增加由希望再到失望的一个新的折磨过程。这也是委员长对待不同人所采取的不同态度。这说明蒋也不是一个过于固执的人，他也是可以变通的。对待国人，大家是他的治下，全国有几万万治下，得罪一个两个，枪毙一个两个，都不影响大局；书生总认为自己比灾民地位高，其实在一国之尊委员长心中，即使高，也高不到哪里去。但对待洋人就不同，洋人是一个顶一个的人，开罪一个洋人，就可能跟着开罪这个洋人的政府，所以得小心对待——这是在人与政府关系上，中国与外国的区别。白修德作为一个美国知识分子，看到"哀鸿遍野"，也激起了和中国知识分子相同的同情心与愤怒，也发了文章，不过不是发在中国，而是发在美国。文章发在美国，与发在中国就又有所不同。发在中国，委员长可以停刊；发在《时代》周刊，委员长如何让《时代》周刊停刊呢？白修德明确地说，如果不是美国新闻界行动起来，河南仍作为无政府状态继续存在。美国人帮了我们大忙。当我们后来高呼"打倒美帝国主义"时，我想不应该忘记历史，起码一九四二年、一九四三年这两年不要打倒。白修德在灾区跑了一圈后，就迫不及待地想把灾区的消息发出去。所以在归途中的第一个电报局——洛阳电报局——就草草地发了电稿。按照当时重庆政府的规定，新闻报道是要通过中宣部检查的。如果一经检查，这篇报道肯定会被扣压；然而，这封电报却从洛阳通过成都的商业电台迅速发往了纽约。或者是因为这个电台的制度不严，（对于那样一个专制国家来说，制度不严也不失为一件好事。）或者是因为洛阳电报局某一位报务员良心发现，这篇报道不经检查就到达了纽约。于是，消息就通过《时代》周刊传开了。宋美龄女士当时正在美进行那次出名的访问。当她看到这篇英文报道后，十分恼火；也是一时心急疏忽，竟在美国用起了中国的办法，要求《时代》

周刊的发行人亨利·卢斯把白修德解职。当然,她的这种中国式的要求,理所当然地被亨利·卢斯拒绝了。那里毕竟是个新闻自由的国度啊。别说宋美龄,就是揭了罗斯福的丑闻,罗斯福夫人要求解雇记者的做法,也不一定会被《时代》周刊当回事。须知,罗当总统才几年?《时代》周刊发行多少年了?当然,我想罗夫人也不会这么蠢,也不会产生这么动不动就用行政干涉的思路和念头。

一夜之间,白修德在重庆成了一个引起争论的人物。一些官员指责他逃避新闻检查,另一些官员指控他与电报局里的共产党员密谋。但不管怎样,他们都对白修德奈何不得,这是问题的关键。这时,白修德已通过美国陆军情报机构把情况报告了史迪威。也报告了美国驻华大使馆。还报告了中国的国防部部长。还见到了中国的立法院院长,四川省政府主席,孙中山博士的遗孀宋庆龄——白修德这样广泛地动员社会力量,是任何一个中国记者或报纸主编都难以办到的。

中国国防部部长的态度是:

"白修德先生,如果不是你在说谎,就是别人在对你说谎!"

立法院院长、四川省政府主席都告诫白修德,找他们这些人是白找,只有蒋介石说话,才能起作用,中国大地上才能看到行动。

但见蒋是不容易的。通过宋庆龄的帮助,花了五天时间,白修德才见到蒋。如果没有孙的夫人、蒋的亲属帮忙,一切就要拉吹。(所以,在那样的专制制度下,裙带关系也不一定全是不正之风,有时也是为民请命之风。)据白修德印象,孙夫人风姿优雅、秀丽。她说:

"据悉,他(蒋介石)在长时间单调的外出视察后非常疲倦,需要休息几天。但我坚持说,此事关系到几百万的生命问题……我建议你向他报告情况时要像你向我报告时那样坦率无畏。如果说一定要有人人头落地的话,也不要畏缩……否则,情况就不会有所改变。"

蒋介石在他那间阴暗的办公室接见了白修德,见面时直挺着瘦长的身子,面色严峻,呆板地与白修德握了握手,然后坐在高靠背的椅子上,听白修德谈话。白修德记载,蒋在听白修德申诉时,带着明显的厌恶神情。白修德把这理解成蒋的不愿相信,这说明白修德与中国文人犯了同样的错误。他们没有站在同一层次上对话。他们把蒋理解得肤浅得多。蒋怎么会不相信呢?蒋肯定比白更早更详细地知道河南灾区的情况,无非,这并不是他手头的重要事情。现在一些低等官员、中国文人、外国记者,硬要把他们认为重要其实并不重要的事情当作重要的事情强加在他头上,或者说把局部重要的事情当成全局重要的事情强加在他头上，不答应就不罢休，还把文章从国内登到国外，造成了世界舆论，把不重要的局部的事情真闹成了重要的全局的事情，使得他把对他来讲更重要的事情放到一边，来听一个爱管闲事的外国人向他讲述中国的情况，真是荒唐，让人又好气又好笑；好比一个大鹏，看蓬间雀在那里折腾，而且真把自己折腾进去，扯到一堆垛草和乱麻之中时的心情。他不知为什么这么多双不同形状、不同肤色的手，都要插到这狗屎堆里。这才是他脸上所露出的厌恶表情的真正含义。这含义是白修德所不理解的，一直误会了五十年。人与人之间，是多么难以沟通啊。蒋听得无聊，只好没话找话，对他的一个助手说：

"他们（指灾区老百姓）看到外国人，什么话都会讲。"

白修德接下去写道：

> 显然，他并不知道正在发生的这些事情。

这就是白修德的自作聪明和误会之处了。不过中国的事情也很有意思。如果不误会，白修德就没有这么大的义愤；没有这么大的义愤，就不会直逼蒋介石；而这种误会和直逼，还真把这么大智慧大聪明整天考虑大事的蒋给逼到了墙角。

因为问题在于：蒋一切明白，但他身有大事；可他作为一国之君，又不能把三千万这个小事当作小事说出来；如果说出来，他成了什么形象？这是蒋的难言之隐。而白修德的直逼，正逼在蒋的难言之隐上，所以蒋也是哭笑不得，而白也真把蒋当作不了解情况。白找到这样一个谈话的突破口，即说河南灾区正在发生人吃人的情况。蒋听到这个消息，也以为白修德这样的美国人不会亲自吃苦到灾区跑那么多地方，见那么多事情，估计也是走马观花，胡乱听了几耳朵，于是赶忙否认，说：

"白修德先生，人吃人的事在中国是不可能的！"

白修德说：

"我亲眼看到狗吃人！"

蒋又赶忙否认：

"这是不可能的！"

这时白修德便将等候在接待室的英国《泰晤士报》记者福尔曼叫了进来，将他们在河南灾区拍的照片，摊到了委员长面前。几张照片清楚地表明，一些野狗正站在从沙土堆里扒出来的尸体上。这下将蒋委员长震住了。白修德写道："他看到委员长的两膝轻微地哆嗦起来，那是一种神经性的痉挛。"我想，这时的委员长首先是恼怒，对白修德及福尔曼的恼怒，对灾区的恼怒，对各级官员的恼怒，对这不重要事情的恼怒，对世界上重要事情的恼怒；正是那些重要事情的存在，才把这些本来也重要的事情，逼得不重要了；如果不是另外有更重要的事情存在，他也可以动员全国人民一起抗灾，到灾区视察、慰问，落下一个爱民如子的好印象。但他又不能把这一切恼怒发泄出来，特别不能当着外国记者的面发泄出来。于是只好对着真被外国人搞到的狗吃人的照片痉挛、哆嗦，像所有的中国统治者一样，一到这时候，出于战略考虑，态度马上来了一个一百八十度的大转弯，做出严肃的样子，做出以前不了解情况现在终于了解情况还对提供情况人有些感激终于使他了解真相的样子，马上拿出小纸簿和毛笔，开始做记录，让白修德和福尔曼提供一些治灾不力的官员的名字——这也是中国统治者对付事情的惯例，首先从组织措施上动刀子，接着还要求提供另一些人的名字；要他们再写一份完整的报告。然后，正式向他们表示感谢，说，他们是比政府"派出去的任何调查员"都要好的调查员。接着，二十分钟的会见就结束了，白修德和福尔曼被客客气气地送出去了。

我想，白、福二人走后，蒋一定摔了一只杯子，骂了一句现在电影上常见的话："娘希匹！"

很快，由于一张狗吃人的照片，人头开始像宋庆龄预料的那样落地了。不过是从给白修德提供方便向美国传稿的洛阳电报局那些不幸的人开始的。因为他们让河南饿死人那样令人难堪的消息泄露到了美国。但是，也有许多生命得救了。白修德写道：是美国报界的力量救了他们。白写这句话时，一定扬扬自得；我引述这句话时，心里却感到好笑。不过，别管什么力量，到底把委员长说服了，委员长动作了；委员长一动作，许多生命就得救了。谁是我们的救星呢？谁是农民的救星呢？说到底，还是一国之尊的委员长啊。虽然这种动作是阴差阳错、万般误会导致的，但白修德由于不通中国国情，仍把一切功劳揽到自己身上。他不明白，即使美国报界厉害，但那只是诱因，不是结果；对于中国，美国报界毕竟抵不过委员长啊。但白扬扬自得，包括那些在华的外国主教。白修德这时在重庆收到美国主教托马斯·梅甘从洛阳发来的一封信：

你回去发了电报以后，突然从陕西运来了几列车粮食。在洛阳，他们简直来不及很快地把粮食卸下来。这是头等的成绩，至少说是棒球本垒打出的那种头等成绩。省政府忙了起来，在乡间各处设立了粥厂。他们真的在工作，并且做了一些事情。军队从大量的余粮中拿出一部分，倒也帮了不少忙。全国的确在忙着为灾民募捐，现款源源不断地送往河南。

在我看来，上述四点是很大的成功，并且证实了我以前的看法,即灾荒完全是人为的,如果当局愿意的话,他们随时都有能力对灾荒进行控制。你的访问和对他们的责备,达到了预期的目的,使他们惊醒过来,开始履行职责,后来也确实做了一些事情。总之,祝愿《时代》和《生活》杂志发挥更大的影响,祝愿《幸福》杂志长寿、和平!这是了不起的!……在河南,老百姓将永远把你铭记在心。有些人憎爱分明十分舒畅地怀念你,但也有一些人咬牙切齿,他们这样做是不奇怪的。

· 六 ·

河南开始救灾。因为委员长动作了。委员长说要救灾，当然就救灾了。不过，在一九四二、一九四三年，首起救灾民于水深火热之中的，仍然是外国人。虽然我们讨厌外国人，不想总感谢他们，但一到以前的关键时候，他们还真来帮我们，让我们怎么办呢？这时救灾的概念，已不是整体的、宏观的、从精神到物质的，仅仅是能填一下快饿死过去的人的肚子，把人从生命死亡线上往回拉一把。外国主教们——本来是来对我们进行精神侵略——在委员长动作之前，已经开始自我行动了。这个行动不牵涉任何政治动机，不包含任何政府旨意，而纯粹是从宗教教义出发。他们是受基督委派前来中国传教的牧师，干的是慈善事业。这里有美国人，也有欧洲人；有天主教徒，也有新教徒。尽管美国人和意大利人正在欧洲互相蚕食，但他们的神父在我的故乡却携手共进，共同从事着慈善事业，在尽力救着我多得不可数计的乡亲的命。人在战场上是对立的，但在我一批批倒下的乡亲面前，他们的心却相通了。从这一点上说，我的乡亲们也不能说饿死得全无价值。教会一般是设粥厂；而有教会的地方，一般在城市，如郑州、洛阳等。我的几个亲戚，如二姥娘一家、三姥娘一家，都喝过美国、欧洲人在大锅里熬制的粥。我的花爪舅舅，就是在洛阳到粥厂领粥的路上，被胡宗南将军抓了壮丁的。慈善机构从哪里来的粮食熬粥呢？因为美国政府对蒋也不信任了，外来的救济物资都是通过传教士实行发放的；而这些逃荒的中国灾民，虽然大字不识，但也从本能出发，对本国政府失去信任，感到唯一的救星就是外国人、白人。白修德记载：

> 教士们只是在必要时才离开他们的院子。因为唯有在大街上走着的一个白人才能给难民们带来希望。他会突然被消瘦的男子、虚弱的妇女和儿童围住。他们跪在地上，匍匐着，磕着头，同时凄声呼喊："可怜可怜吧！"但他们恳求的实际上不过是一点食物。

读到这里，我一点不为我的乡亲脸红。如果换了我，处在当时那样的处境，我也宁愿给洋人磕头。教会的院子周围，到处是逃难的人群。传教士一出院子，就被围得水泄不通。乡亲们都聚集到外国人周围了。我想这时如外国人振臂一呼，乡亲们肯定会跟他们揭竿而起，奋勇前进，视死如归，恐怕儿童和妇女们，每日坐在教会门口；每天早晨，传教士们必须把遗弃在教会门前的婴儿送进临时设立的孤儿院去抚养——连后代也托付给洋人了。唯有这些少数外国人，才使我的乡亲意识到生命是可贵的。我从发黄的五十年前的报纸上看到，一个外国天主教神父在谈到设立粥厂的动机时说：

至少要让他们像人一样死去。

教会还开办了教会医院。教会医院里挤满了可怕的肠胃病患者。疾病的起因是：他们都食用了污秽不堪的东西。许多难民在饥饿难当时，都拼命把泥土塞进嘴里，以此来装填他们的肚子。医院要救活这些人，必须首先想办法把泥土从这些人的肚子里掏出来。

教会还设立了孤儿院，用来收留父母饿死后留下的孩子。但这收留必须是秘密的。因为如大张旗鼓说要收留孩子，那天下的孤儿太多了；有些父母不死的，也把自己的孩子丢弃或倒卖了。外国人太少，中国孤儿太多；换言之，中国孩子想认外国人做爹的太多，外国人做爹也做不过来。一个资料这样记载：

> 饥饿甚至毁灭了人类最起码的感情：一对疯狂的夫妇，为了不让孩子们跟他们一起出去，在他们外出寻找食物时，把他们的六个孩子全都捆绑在树上；一位母亲带着一个婴儿和两个大一点的孩子外出讨饭，艰难的长途跋涉使她们非常疲倦，母亲坐在地上照料婴儿，叫两个大一些的孩子再走一个村子去寻找食物，等到两个孩子回来，母亲已经死了，婴儿却还在吸吮着死人的乳头；有一对父母杀死了他们的两个孩子，因为他们宁愿这样做也不愿再听到孩子乞求食物的哭叫声。传教士们尽力沿途收捡弃儿，但他们必须偷偷地做，因为这消息一经传扬出去，立刻就会有无数孩子被丢弃在他们的门口，使他们无法招架。

儿童是一个国家或一个政府的晴雨表。就像如果儿童的书包过重、人为规定的作业带到家里还做不完压得儿童喘不过气，证明这个国家的教育需要改革一样，如果一个政府在儿童一批批饿死它也听任不管而推给外国人的话，这个政府到底还能存在多长时间，就值得怀疑了。连外国人都认为，如果身体健康，中国的儿童是非常漂亮的，他们的头发有着非常好看的自然光泽，他们那杏仁一样的眼珠闪动着机灵的光芒。但是，现在这些干瘦、萎缩得就像稻草人似的孩子，在长眼睛的地方却只有两个充满了脓液的裂口，饥饿使得他们腹部肿胀，寒冷干燥的气候使得他们的皮肤干裂，他们的声音枯竭，只能发出乞讨食物的微弱哀鸣——这只代表儿童本身吗？不，也代表着国民政府。如果坐在黄山官邸的蒋委员长，是坐在这样一群儿童的国民头上，他的自信心难道不受影响吗？他到罗斯福和丘吉尔面前，罗、丘能够看得起他吗？

毕竟，蒋还是人——说到谁还是个人这句话，每当我听到这句话，譬如，一个妻子说丈夫或丈夫说妻子"你也算个人"！我心里就感到莫大的悲哀。这是多么轻蔑的话语！这是世界的末日！但蒋还是个人，当外国记者把一张狗吃人的照片摆在他面前时（多么小的动因），他毕竟也要在外国人之后关心我故乡三千万灾民了。他在一批人头落地后，也要救灾了，即，中国也要救灾了。但中国的救灾与外国人的救灾也有不同。外国人救灾是出于作为人的同情心、基督教义，不是罗斯福、丘吉尔、墨索里尼发怒后发的命令；那时的中国没有同情心，没有宗教教义，（蒋为什么信基督教呢？纯粹为了结婚和性交或政治联姻吗？）有的只是蒋的一个命令——这是中西方的又一区别。

那时的中国政府又是怎么救灾的呢？我再引用几段资料。

也许读者对我不厌其烦地引征资料已经厌烦了，但没有办法，为了保持历史的真实性，就必须这么做；烦也没办法，烦也不是我的责任，这不是写小说，这是朋友交给我的任务与我日常任务的最大区别。我也不想引用资料，资料束缚得我毫无自由，如缚着绳索。但我的朋友给我送了一大捆资料。我当时有些发怵：

"得看这么多资料吗？"

朋友：

"为了防止你信马由缰和瞎编！"

所以，我只好引用这些资料。至于这些资料因为朋友的原因过多地出现在我的文字里，请大家因为我暗含委屈而能够原谅我。

中国政府在一九四三年救灾的资料：

△委员长下达了救灾的命令。

△但是，愚蠢和效率低下是救济工作的特点。由于各地地方官员的行为恶劣，可怕的悲剧甚至进一步恶化。

△本来，陕西省与河南省相毗邻，陕西的粮食储存较为丰富，作为一个强有力的政府，就应该下令立刻把粮食从陕西运到河南以避免灾祸。然而，这样一来便有利于河南而损害了陕西，就会破坏政府认为必不可少的

微妙的权势平衡，而政府是不会答应的。（中国历来政治高于人，政治是谁创造的呢？创造政治为了什么呢？）此外，还可以从湖北运送粮食到河南，但是湖北的战区司令长官不允许这样做。

△救济款送到河南的速度很慢。（纸币有什么用，当那里再无食物可以购买的话，款能吃吗？）经过几个月，中央政府拨给的两亿元救济款中只有八千万元运到了这里。甚至这些已经运到的钱也没有发挥出救灾作用。政府官员们把这笔钱存入省银行，让它生利息；同时又为怎样最有效地使用这笔钱争吵不休。在一些地区，救济款分配给了闹饥荒的村庄。地方官员收到救济款后，从中扣除农民所欠的税款，农民实际能得到的没有多少。就连国家银行也从中渔利。中央政府拨出的救济款都是面额为一百元的钞票。这样的票面已经够小的了，因为每磅小麦售价达十元至十八元。但是，当时的粮食囤积者拒绝人们以百元票面的钞票购买粮食。要购买粮食的农民不得不把这钞票兑换成五元和十元的钞票，这就必须去中央银行。国家银行在兑换时大打折扣，大钞票兑换小钞要抽取百分之十七的手续费。河南人民所需要的是粮食，然而直到三月份为止，政府只供应了大约一万袋大米和两万袋杂粮。从秋天起一直在挨饿的三千万河

南人民，平均每人大约只有一磅粮食。

△（救灾之时），农民们仍处在死亡之中，他们死在大路上、死在山区里、死在火车站旁、死在自己的泥棚内、死在荒芜的田野中。

当然，并不是所有的政府官员都这么黑心烂肺，看着人民死亡还在盘剥人民。也有良心发现，想为人民办些好事或者想为自己树碑立传的人。我历来认为，作为我们这些普通百姓，只要能为我们办些或大或小的好事，官员的动机我们是不追究的，仅是为了为人民服务也好，或是为了创造政绩升官也好，或是为了向某个情人证明什么也好，我们都不管，只要为我们做好事。仁慈心肠的汤恩伯将军就在这时站了出来，步洋人的后尘，学洋人的样子，开办了一个孤儿院，用来收留洋人收剩余的孤儿。这是好事。汤将军是好人。但这是一个什么样的孤儿院呢？白修德写道：

在我的记忆中，中央政府汤恩伯将军办的孤儿院是一个臭气熏天的地方。连陪同我们参观的军官也受不了这种恶臭，只好抱歉地掏出手绢捂住鼻子，请原谅。孤儿院所收容的都是被丢弃的婴儿，四个一起放在摇篮里。放不进摇篮的干脆就放在稻草上。我记不得他们吃些什么了。但是他们身上散发着呕吐出来的污物和屎尿的臭气。孩子死了，就抬出去埋掉。

就是这样，我们仍说汤将军好。因为汤将军已是许多政府官员和将军中最好的了。就是这样的孤儿院，也比没有孤儿院要好哇。

还有的好人在进行募捐和义演。所谓募捐和义演，就是在民间募捐，由演员义演，募得义演的钱，交给政府，由政府再去发放给灾民。一九四二年的《河南民国日报》，在十一月份的报纸上，充斥了救灾义演、救灾音乐会、书画义卖、某某捐款的报道。我所在家乡的县政府韩书记，就曾主持过一场义演。我相信，参加募捐和义演的人，心都是诚的，血都是热的，血浓于水，流下不少同情我们的眼泪。但问题是，募捐和义演所得，并不能直接交到我们手中，而是要有组织地交给政府，由政府再有组织地分发给灾民。这样，中间就经过许多道政府机构——由省到县，由县到乡，由乡到村——的中间环节，这么多道中间环节，就使我们很不放心了。中央政府的救济款，还层层盘剥，放到银行生利息，到了手中又让大票兑小票，收取百分之十七的手续费；这募捐和几个演员赚得的钱，当经过他们手时，能安全迅速通达我们这里吗？我们不放心哩。

这些就不说了。那时说政府是爹娘，打骂克扣我们，就如同打掉我们的牙我们可以咽下；问题严重还在于，我们民间一些志人志怪、有特殊才能的人，这时也站了出来。不过不是站到我们灾民一边——站在我们一边对他有什么用呢？而是站在政府一边，替政府研究对付饥饿的办法。如《河南民国日报》一九四三年二月十四日载：

> 财政科员刘道基，目前已发明配制出救荒食品，复杂的吃一次七天不饿，简易的吃一次一天不饿。

任何一个中国人，五十年后，在读到这条简短消息时，我想情感都是很复杂的。看来不但政府依靠不得，连一个科员，我们自己的下层兄弟，也指望不得了。如这种发明是真实的，可行的，当然好；政府欢迎，不用再救灾；我们也欢迎，不用再死人。不但当时的政府欢迎，在以后几十年的中国历史上，饿死人的事也是有发生的，如有这种人工配制吃一次七天不饿的东西，中国千秋万代可保太平。但这种配制没有流传到今天，可见当时它也只是起了宣传的作用、稳定人心的作用，并没有救活我们一个人。也许刘道基先生是出于好心、同情心、耐心和细心，也许想借此升官，但不管他个人出于什么动机，这配制也对我们无用。我们照常一天一天在饿死，死在大路上、田野中和火车站旁。

——这就是一九四三年在蒋介石先生领导下的救灾运动。如果用总结性的话说，这是一场闹剧，一场只起宣传作用或者只是做给世界看、做给大家看、做给洋人和洋人政府看的一出闹剧。委员长下令救灾，但并无救灾之心，他心里仍在考虑世界和国家大事，各种政治势力的平衡。这是出演闹剧的症结。闹剧中的角色林林总总，闹剧的承受者仍是我们灾民。这使我不禁想起了毛泽东的一句话：问苍茫大地，谁主沉浮？我说：我们死不死，有谁来管？作为我们即将死去的灾民，态度又是如何呢？《大公报》记者张高峰记载：

> 河南人是好汉子，眼看自己要饿死，还放出豪语来："早死晚不死，早死早托生！"

娘啊，多么伟大的字眼！谁说我们的民族没有宗教？谁说我们的民族没有向心力，是一盘散沙？我想就是佛祖面临这种情况，也不过说出这句话了。委员长为什么信基督呢？基督教帮过你什么？就帮助你找了一个老婆；而深入中国人灵魂深处的佛家教义，却在一九四二至一九四三年，帮了你政治的大忙。

当然，在这场灾难中，三千万河南人，并不是全饿死了，死的还是少数：三百万。十分之一。逃荒逃了三百万。剩下的河南人还有两千多万。这不死的两千多万人，在指望什么呢？政府指望不得，人指望不得，只有盼望大旱后的土地；当然，土地上也充满了苛捐杂税和压榨。但这毕竟是唯一可以指望的东西。据记载，大旱过后的一九四三年冬天(指年初的冬天)，河南下了大雪；七月份又下了大雨。这是好兆头。我们盼望在老天的关照下，夏秋两季能有一个好收成。只要有了可以果腹的粮食，一切都好说；哪怕是一个充满黑暗、丑恶、污秽和盘剥的政府，我们也可以容忍。我们相信，当时的国民政府，在这一点上，倒能与我们心心相通，希望老天开眼，大灾过去，风调雨顺，能有一个好收成。不然情况继续下去，把人一批批全饿死了，政府建在哪里呢？谁给政府中的首脑和各级官员提供温暖的住处和可口的食物然后由他们的头脑去想对付百姓的制度和办法也就是政治呢？人都没有了，它又去统治谁呢？但老天没有买从政府到民众两千多万人的账，一九四三年祸不单行，大旱之后，又来了蝗灾。这更使我们这些灾民的命运雪上加霜。

· 七 ·

蝗灾发生于一九四三年秋天。关于蝗灾的描写，我知道主编《百年灾害史》的朋友另有安排，我这篇《温故一九四二》，重点不在蝗虫。关于蝗虫，中国历史上有更大规模的阵仗；另一位我所敬重的朋友，正在描写它们。但这并不影响我对它们的提及，因为我们分别描写的是不同年代的蝗虫。他写的是一九二七年的山东的蝗虫，我写的是一九四三年生活在我故乡的蝗虫；蝗灾相似，蝗虫不同。据俺姥娘说，一九四三年的蝗虫个大，有绿色的(我想是年轻的)，有黄色的(我想是长辈)，成群结队，遮天蔽日，像后来发生的太平洋战争或诺曼底登陆时的轰炸机机群一样，老远就听到"嗡嗡"的声音，说俯冲，大家都俯冲，覆盖了一块庄稼地；一个时辰，这块庄稼地就没有了。一九四三年的春天，风打麦，颗粒无收；秋天又遇到蝗虫，灾民的生活，就可想而知了。蝗虫来了，人死了，正在继续一批一批地死去。据俺爹俺姥娘讲，蝗虫不吃绿豆，不吃红薯，不吃花生，不吃豇豆，吃豆子、玉米、高粱。为了维护自己的生命，我故乡还无死光的难民，与蝗虫展开了大战。政府我们没办法，它的盘剥和压榨往往通过一架疯狂运转的机器，何况他们有枪；但蝗虫我们可以面对面地与它作战，且没有谋反暴动的嫌疑。这是蝗虫与政府的区别。怎么搏斗？三种办法：一、把床单子绑在竹竿上挥舞，驱赶蚂蚱。但这是损人利己的做法，你把蚂蚱赶走，蚂蚱不在你这块田里，就跑到了别人田里；何况你今天赶走，明天就又来了。二、田与田之间挖大沟，阻挡蚂蚱的前进。蚂蚱吃完这块地，向另一块转移时，要经过大沟，这时就用舂米的碓子砸蚂蚱，把它们砸成烂泥，或用火烧——这种做法有些残忍，但消灭蝗虫较彻底；我想被乡亲们杵死的蚂蚱，也一定像当年饿死的乡亲一样多。三、求神。我姥娘就到牛进宝的姑姑所设的香坛去烧过香，求神保护她的东家的土地不受蚂蚱的侵害。但据资料表明，乡亲们所做的这一切，都是白费。蚂蚱太多，靠布单子，靠沟，靠神，都没有解决问题，蝗虫照样吃了他们的大部分庄稼。灾民在一九四二年是灾民，到一九四三年仍是灾民。

自然的暴君，又开始摇撼河南农民的生命线。旱灾烧死了他们的麦子，蝗虫吃了他们的高粱，冰雹打死了他们的荞麦，最后的希望又随着一棵棵垂毙的秋苗枯焦，把他们赶上死亡的路途。那时的河南人，十之八九困于饥饿中。

照此下去，我想我故乡的河南人，总有一天会被饿死光。这是我们和我们的政府不愿意看到的。后来事实证明，河南人没有全部被饿死，很多人还流传下来，繁衍生息，五十年后，俨然又是在人口上的中国第二大省。当时为什么没有死绝呢？是政府又采取什么措施了吗？不是。是蝗虫又自动飞走了吗？不是。那是什么？是日本人来了——一九四三年，日本人开进了河南灾区，这救了我的乡亲们的命。日本人在中国犯了滔天罪行，杀人如麻，血流成河，我们与他们不共戴天；但在一九四三年冬至一九四四年春的河南灾区，却是这些杀人如麻的侵略者，救了我不少乡亲们的命。他们给我们发放了不少军粮。我们吃了皇军的军粮，生命得以维持和壮大。当然，日本发军粮的动机绝对是坏的，心不是好心，有战略意图，有政治阴谋，为了收买民心，为了占我们的土地，沦落我们河山，奸淫我们的妻女，但他们救了我们的命；话说回来，我们自己的政府，对待我们的灾民，就没有战略意图和政治阴谋吗？他们对我们撒手不管。在这种情况下，为了生存，有奶就是娘，吃了日本的粮，是卖国，是汉奸，这个国又有什么不可以卖的呢？有什么可以留恋的呢？你们为了同日军作战，为了同共产党作战，为了同盟国，为了东南亚战争，为了史迪威，对我们横征暴敛，我们回过头就支持日军，支持侵略者侵略我们。所以，当时我的乡亲们，我的亲戚朋友，为日军带路的，给日军支前的，抬担架的，甚至加入队伍、帮助日军去解除中国军队武装的，不计其数。五十年后，就是追查汉奸，汉奸那么多，遍地都是，我们都是汉奸的后代，你如何追查呢？据资料记载，在河南战役的几个星期中，大约有五万名中国士兵被自己的同胞缴了械。我们完整地看一下资料：

> 一九四四年春天，日军决定在河南省进行大扫荡，以此为他们在南方进行一次更大规模的攻势做准备。河南战区名义上的司令官是一位目光炯炯的人物，名叫蒋鼎文。在河南省内，他最拿手的好戏是在他的辖区内恐吓行政官员。他曾责骂河南省政府主席，使这位主席在恐慌之中与他合作制定了一个计划，这个计划剥夺了农民手中最后一点粮食。
> 日军进攻河南时使用的兵力大约为六万人。日军于

四月中旬发起攻击，势如破竹地突破了中国军队的防线。这些在灾荒之年蹂躏糟蹋农民的中国军队，由于多年的懒散，它本身也处于病态，而且士气非常低落。由于前线的需要，也是为了军官们自己的私利，军队开始强行征用农民的耕牛以补充运输工具。河南是小麦种植区，耕牛是农民的主要生产资料，强行征牛是农民不堪忍受的。

农民们一直等待着这个时机。连续几个月以来，他们在灾荒和军队残忍的敲诈勒索之下，忍着痛苦的折磨。现在，他们不再忍受了。他们用猎枪、大刀和铁耙把自己武装起来。开始时他们只是缴单个士兵的武器，最后发展到整连整连地解除军队的武装。据估计，在河南战役的几个星期中，大约有五万名中国士兵被自己的同胞缴了械。在这种情况下，如果中国军队能维持三个月，那真是不可思议的事情。整个农村处于武装暴动的状态，抵抗毫无希望。三个星期内，日军就占领了他们的全部目标，通往南方的铁路也落入日军之手，三十万中国军队被歼灭了。

日本为什么用六万军队，就可以一举歼灭三十万中国军队？在于他们发放军粮，依靠了民众。民众是广大而存在的。

一九四三年至一九四四年春，我们就是帮助了日本侵略者。汉奸乎？人民乎？白修德在战役之前采访一位中国军官，指责他们横征暴敛时，这位军官说："老百姓死了，土地还是中国人的；可是如果当兵的饿死了，日本人就会接管这个国家。"这话我想对委员长的心思。当这问题摆在我们这些行将饿死的灾民面前时，问题就变成：是宁肯饿死当中国鬼呢，还是不饿死当亡国奴呢？我们选择了后者。

　　这是我温故一九四二，所得到的最后结论。

附　录

温故一九四二、一九四三年时，除了这场大灾荒，使我感兴趣的，还有这些年代所发生的一些杂事。这些杂事中，我最感兴趣的，是从当时的《河南民国日报》上，看到的两则离异声明。这证明大灾荒只是当年的主旋律，主旋律之下，仍有百花齐放的正常复杂的情感纠纷和日常生活。我们不能以偏概全，一叶知秋，瞎子摸象，让巴掌山挡住眼。这就不全面了。我们不能只看到大灾荒，看不到人的全貌。从这一点说，我们对委员长的指责，也有些偏激了。另外，我们从这两则离异声明中，也可以看到时代的进步。下边是全文：

紧要启事

缘鄙人与冯氏结婚以来感情不和难以偕老刻经双方同意自即日起业已离异从此男婚女嫁各听自便此启

张荫萍 冯氏 启

声明启事

敝人旧历十二月初六日赴洛阳送货敝妻刘化许昌人该晚逃走将衣服被褥零碎物件完全带走至今数日音信全无如此人在外发生意外不明之事与敝人无干自此以后脱离夫妻关系恐亲友不明特此登报郑重声明偃师槐庙村中正西街门牌五号田光寅启

一九九三年十二月
北京十里堡

电影剧本

一 九 四 二

1. 字幕

1942年冬至1944年春,因为一场旱灾,我的故乡河南,发生了吃的问题。与此同时,世界上还发生着这样一些事:斯大林格勒战役、甘地绝食、宋美龄访美和丘吉尔感冒。

2. 地主家院落 夜

老东家范殿元提着马灯,从前院巡视到后院,停在牲口棚门口。

老东家:栓柱,没睡吧?

栓柱:喂牲口呢。

老东家:除了喂牲口,留心仓房。村里就剩这点粮食了。

栓柱:仓房有人。

3.地主家仓房内　夜

仓房里挂着马灯,一囤一囤的粮食,错落其间。地上也堆着一袋一袋的粮食。

少东家范克勤和佃户瞎鹿的老婆花枝,在粮食囤间追逐和躲闪。

花枝:少东家,我是来借粮食的呀。

少东家:你也让我借一下呀。(又说)媳妇怀了崽子,几个月没见荤腥了。(又说)要不是有灾,你还不来呢。

4.仓房外　夜

老东家在门外听到仓房里的声音,悄声骂道:牲口!

叹口气,离去。

5.仓房内　夜

少东家追上花枝,将花枝扳倒在一袋粮食上。

少东家:弄一回一升小米。

花枝挣扎:现在村里,就你能干这个。

两人撕巴中,撞翻一篮子核桃。少东家抓起一把核桃。

少东家:再给你些核桃,看头发黄的。

花枝挣扎:我喊了啊。

少东家剥花枝的衣服:你喊,你喊。

这时村里响起锣声,有人在喊:不得了了,贼人来了!

少东家吃了一惊,忙从花枝身上爬起,拿起身边的"汉阳造"。

6.村庄寨墙　夜

寨墙外火把闪闪,漫山遍野涌来蚂蚁一般的灾民。手里抄着各种家伙:锹、镐、扁担、铡刀、镰刀和锄头。为首的灾民是十里外的孙刺猬,扛着铡刀,打着赤臂。

老东家站在寨墙上,腿打着哆嗦。村里也点起了火把,长工栓柱拼命打锣:贼人来了,都到寨墙防贼!少东家背着"汉阳造",领着村人也涌到寨墙上。村人们手里也抄着各种各样的家伙。佃户瞎鹿扛着一把铁镐,也跟着人群上到寨墙上。

老东家对寨墙下喊:那不是刺猬吗?你小的时候,你爹在咱家喂过牲口。你跟你娘来揸布,犯了羊角风,是我赶着马车,带你去镇上看病的呀,忘了?

孙刺猬:大爷,没别的,饿,给口吃的!

少东家拍着"汉阳造"对瞎鹿说:一人两升小米,领大伙跟他们干?

瞎鹿往后退:干是想干,就是见天挨饿,身上没劲儿。

老东家把长工栓柱拉到身边,悄声:赶紧骑马去县里,报官!

栓柱吓得往后缩：东家，这事太大，换个人吧。

老东家：三块大洋！记住，大爷的身家性命，都在你身上！

老东家转身继续与寨墙下对话：刺猬，给大爷个面子，一担小米，爷们儿也到别处瞅瞅！

孙刺猬：大爷，既来了，就别说别的了，今儿就在你家吃了！吃多少，等灾过去再还你！

少东家急了：看，比抢明火还气人！

抄起枪就要打孙刺猬，老东家一把拉过枪，将枪口对准自己的胸口。

老东家：要打你打我，家你不要，我还要想要呢！我早说，把粮食换成地，你不听，看招贼了不是？

少东家不服：不是想等粮价再涨一涨吗？我就是把粮食烧了，也不能给这些龟孙吃！

7. 山梁上　夜

栓柱骑马在山路上飞奔，去县城报官。

谁知转过一个山口，碰到日本军队在山路上行军，为即将发动的河南战役集结兵力。

拍马疾奔的栓柱躲闪不及。日军尖刀兵一梭子子弹过来，栓柱的马被打死了，栓柱翻倒在沟里。

日军接连不断地从栓柱头顶上跨过。

栓柱猫着腰一点点向后退,退过一个沟坎,爬起来,返回村庄。

8. 地主家院落　夜

院中点着火把和汽灯。灾民在抢吃白馒头和萝卜炖猪肉。院一侧摆着刚刚杀完猪的血案和猪的下水。这就叫"吃大户"。村里的村民也加入抢吃的行列。看着众人的吃相,老东家心疼地用拐棍捣着地。

老东家:吃吧,吃吧,吃完了算!

地主婆来到老东家身边,悄声:家小、细软、账,都挪到村西老景家了。

老东家:明儿,还是挪到城里。

地主婆点头,转回后院。老东家拾起被灾民踩扁的一个簸箕,挂到墙上。这时栓柱"哐当"一声将头门撞开。院里所有的人,包括正在吃饭的灾民和村民都从碗上仰起了头。栓柱满头大汗,浑身哆嗦。

栓柱:东家,兵,兵。

老东家眼睛一亮:县里来兵了?

栓柱喘气,摇头:不是,是日本兵。

老东家慌乱:日本人来了?

栓柱：不是，日本兵从山后过兵，奔了濮阳，我过不去！

老东家一下瘫软到地上：栓柱，你可把大爷给害苦了！

正在吃肉的孙刺猬火了：乡亲们吃顿饭，你却去喊兵，大爷你够毒！

一下将碗扣到老东家头上，老东家应声昏倒在地，血顺着脸往下流。

孙刺猬振臂高呼：乡亲们，抢了！

正在二楼的少东家马上抄起枪，一枪将孙刺猬打成个血窟窿。

少东家：早该这么打！乡亲们，抄家伙跟他们干，有粮食咱们自个儿吃了，也不能让外人占了便宜！

楼上楼下，东家院里成了战场。正在炖菜的大锅被掀翻了。各种带血的农具在人群和天空中飞舞。不时有人被从二楼扔下来。到底是外来的灾民人多，渐渐地他们占了上风。一片混乱中，栓柱被人用镰刀破了相，捂着脸号叫着往牲口棚子里钻。瞎鹿捧着吃了一半的菜碗，吓得躲在墙角。少东家在二楼"嘭""嘭"地打枪，院子里抢粮的灾民一个个倒地。但在他换子弹的时候，一个灾民从背后捅了他一梭镖，把他捅了个透心凉，少东家扑倒在一袋小米上。血泊里的少东家，向墙角的瞎鹿招手。

少东家：瞎鹿，救我，扎着心了！

瞎鹿斗胆走过去,定睛看少东家,突然趴到少东家脸上悄声说:以为俺不知道呢,想着霸俺女人。

然后一脚踢开少东家,背起少东家身下带血的那袋小米。

9. 地主家　夜

混乱中,瞎鹿背着带血的粮袋子慌里慌张从楼上跑下来。这时老东家从血泊中站起来,看到瞎鹿,懵懵懂懂地问。

老东家:瞎鹿,你跑个啥?

瞎鹿:东家,全乱了,少东家死了!

老东家说胡话:完了,完了!

伸手从地上拾起一根火把,扔到了房上。

10. 地主家　黎明

黎明的晨光中,地主家的院落着了大火。

风助火势,大火烧得汹涌澎湃和"毕毕剥剥"。

许多抢东西的灾民被烧死了。

一些抢到东西的灾民从楼上往下跳。一个个火团在地上滚。

11. 野外　日

神父安西满风尘仆仆,骑着一辆"菲利普"脚踏车,穿行在山路上。他从洛阳天主教会开会归来，返回延津县城。山路忽高忽低，安西满的脑袋在地平线上时隐时现。

山路两旁，皆是龟裂的土地和枯死的禾苗。路边偶有死尸。河南大旱景象，一览无余。

安西满弓着腰骑到山顶，忽然发现山下一个村庄上空在冒烟。他停下脚踏车瞭望。犹豫一下，掉转脚踏车，向山下的村庄骑去。

12. 延津县衙厨房　日

一条黄河鲤鱼，"吱啦"一声下了油锅。

延津县衙的厨子老马在烟雾里忙活。

13. 延津县衙饭厅　日

延津县县长老岳，正在招待前来视察的河南省政府主席李培基。两人早年在衡阳师范是同学。陪同者有李培基的一些随从、延津县政府书记小韩等。餐桌上已经七碗八碟，厨子老马又将一条焦黄的黄河鲤鱼端了上来，鲤鱼上盖些面丝。

老马炫耀地：延津做法，鲤鱼焙面。

李培基：老学长，大灾之年，过分了。

老岳没理老马和李培基，照自己的思路继续汇报灾情：

全县七十二大户，悉数被抢。财主抢完，不该抢县衙了？县衙抢完，不该……

李培基：兄弟刚刚到任，没想到一场旱灾，给河南拉下这么大饥荒。

小韩插话：蚂蚱，全是因为蚂蚱。早秋那阵，遮天蔽日——主席，这蚂蚱是直肠子，边吃边屙，一袋烟工夫，一块苞谷就没了。

老岳：大旱加蚂蚱，全县颗粒无收。饿殍遍地，就带来盗贼蜂起，蚂蚱吃庄稼变成了人，人造反就变成了蚂蚱，县上警力仅百十余人，还望主席早日派兵弹压呀。

李培基叹息：弹压容易，但弹压过后呢？灾民不还得吃饭吗？

老岳：这……

李培基：像延津这样的灾情，全省计有七八十县。全省受灾，国库亏空，老学长，培基一到河南，也跳进了水火。

老岳：虽然全省受灾，但主席也看到了，延津还是比别的地方灾大。望主席拨救灾粮的时候，明镜高悬。

李培基：老学长，我这次来，不是发救济粮。

老岳愣在那里：那为啥？

李培基：马上要打仗了，我来筹措军粮。

老岳愣在那里。

14. 老庄村　日

老东家的院落，被烧成一片废墟。废墟上还在冒烟。老东家被抢事件被神父安西满撞上了，安西满便把老东家当作活教材，开始现场布道。他用木棍临时绑了个十字架，插在身边的土堆上。瞎鹿抄着二胡，坐在他旁边。废墟的烟雾里，有村民在扒拣东西，俗称"倒地瓜"。

安西满：信，还是得信。东家老范，一辈子不信主，让他信，他不信，失去主的庇佑，就落得如此下场。你有万贯家产有啥用呢？儿被杀了，家被烧了，他就躲到县城哭去了。这就叫不见棺材不落泪，不到黄河不死心……

废墟上有人喊：小安，别讲大道理了。灾这么大，大伙马上就该逃荒了，说些有用的。

安西满：我现在说的就有用。知道为啥逃荒吗？就因为你们是异教徒。出门逃荒，两眼一抹黑，路上靠啥？只能靠主了。我给大家唱一首圣歌，大家就明白了。

瞎鹿操起二胡，仰脸问安西满：唱哪出？

安西满想了想：《不是没有家》。（又交代）由着眼前的事儿，我临时换词儿啊。

在二胡的伴奏下，安西满开始唱圣歌。

不是没有家

不是不想家

只是还有许多人

漂流在天涯

亲叔二大爷

别把俺牵挂

有主在身边

四海都是家

…………

安西满换词的能力，也就是就事论事。中国二胡加上不大靠谱的歌词，圣歌让他唱得不伦不类。但大家忙于"倒地瓜"，无人理会。但安西满唱得投入，唱着唱着哭了。瞎鹿停下二胡。

瞎鹿：小安，你也不逃荒，你哭个啥？

安西满：我到洛阳天主教会去开会，骑车整整走了半个月，半个月领回一句话，在洛阳我还不信，现在信了。

瞎鹿：啥话？

安西满：这灾呀，来得不是时候，但对于传教，却正是时候。

15. 县城中学　日

学校操场的土台子上，站着两个人，一个是该校的校长，一个是延津县政府书记小韩。台下站着几百名学生。其中有老东家的女儿星星。星星辫子上系着孝布。

校长：学校能不能复课，就看这场战争的胜负。如果国军击败了日寇，我们就能复课；如果这里被日本人占了，学校就要南迁……现在请县政府韩书记讲话。

学生鼓掌。小韩伸胳膊，往下压了压掌声。

小韩：大敌当前，大家都看到了，昨天军政部来了动员令，民族存亡之际，每一个热血青年，都应该放下手中的书本，奔赴抗日前线，这比复不复课重要多了——这灾呀，来得不是时候；但对于抗战，却正是时候……

正说着，日本飞机飞临上空，扔下几个黑乎乎的东西。大家以为是炸弹，学校操场上炸了窝，众人东躲西藏。但黑乎乎的东西在空中炸开，是五颜六色的日军劝降单。星星躲在一个碾盘后，看到日本飞机扔下的不是炸弹，欲起身，发现身边仍在打哆嗦的是县党部书记小韩。小韩发现了自己的失态，这时英勇地站起来。

小韩：不就几架飞机吗，吓唬谁呀？（发现星星辫子上戴的孝布）给谁戴的孝？

星星：我哥。

小韩：日本人害的吧？

星星百感交集，嘴唇哆嗦着：乡亲。

小韩这时发现了星星的美丽，上下打量着。

小韩：你要抗战，不用去前线，直接来县政府就行了。

16.延津县城东街　老东家家门前　日

门"吱呀"一声开了。老东家走了出来。老东家像换了一个人，一脸憔悴，头上伤口处还缠着布。他手里拿着一张《河南民国日报》。

17.延津县城北街　县衙　日

老东家来到县衙打探消息。但县衙的人都在装箱打包，一幅忙乱景象，没人理老东家。

县衙的伙夫老马怀抱几个南瓜，从街上回来，被老东家拦住。

老东家：这不是老马吗？我是西老庄的老范，前年你到俺村催粮，在俺家吃过饭。

伙夫老马想了半天，似乎想了起来，但他指指日头，又指指怀里的南瓜：县长该吃饭了，有话咱改天说。

老东家一把拉住老马：我就问一句话。

伙夫老马摆出一副公家人的模样：啥话？

老东家指指手里《河南民国日报》上的战争消息：这仗是就在咱们这块儿打，还是整个河南都打？

老马：这可是军事机密，你问这干吗？

老东家看着忙乱的县衙：跟你们一样，我得躲呀。看仗的大小，我估摸躲的远近。上回在乡下没躲，就吃了大亏。

老马看看左右，趴到老东家耳朵上：事儿不能明说，省上李主席都来了，我给做的饭；这仗是小是大，你自己回去琢磨。

18. 佃户瞎鹿家　日

一根烧红的铁丝，"刺啦"一声穿核桃而过。佃户瞎鹿正在给女儿铃铛做线拉小风车。核桃，还是当初少东家在东家仓房给花枝的。

瞎鹿的娘、瞎鹿的老婆花枝、瞎鹿的儿子留保正在往一辆独轮车上装东西，准备逃荒。往车上装的，无非是些破旧的箩筐、席片、锅碗瓢盆、铺盖、瞎鹿娘的纺车，最后还有一袋小米——还是瞎鹿从少东家血泊中抢起的那袋小米。装上米袋，上面又赶紧盖上一些树皮和杂草。

铃铛：爹，啥叫逃荒呀？

瞎鹿边把从核桃里剔出的核桃仁放到铃铛嘴里边说：村里的树皮和草根都啃光了，再待下去就饿死了——咱村死了一半人，你愿意饿死吗？

铃铛摇摇头。

瞎鹿：不愿意饿死，出门寻吃的，就叫逃荒。

铃铛：咱去哪儿逃荒啊？

瞎鹿：陕西。十年前你二姥爷往那儿逃过，咱找着他们，就能活下去了。

风车做好，一拉线风车转。铃铛朗朗地笑。

铃铛：爹，我愿意逃荒。

瞎鹿起身，将自己的胡琴也放到独轮车上。这时花枝穿着鲜红的嫁衣从窑洞里出来，瞎鹿娘不满。

瞎鹿娘：咋穿上出嫁的衣裳了？这还像个逃荒的样子吗？

花枝争执：出门见喜，图个吉利。

瞎鹿马上发怒：逃荒还吉利？浪！赶紧换去！

瞎鹿娘叹息：看来我这把老骨头，是埋不到咱祖坟上了。

瞎鹿不以为然：祖坟上埋的也都是穷人。（见娘又要发怒，忙喊）留保，记着把咱家的祖宗牌位拿上。

19. 河滩上　日

四面是山坡，夹着一条干枯的河滩。逃荒的人流从三路涌来，从这里又上了大路。到处是手推车、担子及破烂的行李。手推车上坐着老人，箩筐里挑着孩子。

山坡上是干裂无望的土地。

20. 县城门洞　日

逃荒的人流路过县城。县城门洞里，老东家范殿元家的马车出来，也加入逃荒的队伍。老东家头戴狐皮帽，身穿羊皮袄，坐在车辕上；马车上装着一些藤箱和几口袋鼓鼓囊囊的粮食，上边坐着地主婆和一扛着大肚子的儿媳；地主婆怀里抱着一个香炉，儿媳怀里抱着一座老式座钟。长工栓柱斜背一杆"汉阳造"，手持鞭子在赶车。老东家的女儿星星，身上背着书包，怀里抱着一只猫，在车旁跟着走。老东家看着星星怀里的猫，有些啼笑皆非。

老东家：这是去逃荒，不是去看戏，你带它干啥？

星星转身就回县城：我不逃荒了，我要回去找同学。

老东家跳下车一把拉住她：你同学在哪儿？

星星：有好几个，去了抗日前线。

老东家：去前线就要打仗，打仗就要杀人；你一个女孩家，杀得了人吗？

星星挣脱：那我回学校，跟同学护校。

老东家揪住星星不放：祖宗，上回由着你哥的性，就把他的命给丢了，这回不能再由着你了。（又指着逃荒的人群劝星星）咱跟他们不一样，咱不是逃荒，是躲灾，短则半个月，长则一个月，咱就回来了。

车上地主的儿媳一直耷拉着脸，地主婆劝她：别老想了。

地主儿媳哭道：娘家的陪嫁，我的体己，都在首饰匣子里呀，咋说没就没了呢？栓柱，你到底瞅见没有哇？

赶车的栓柱大怒：你说谁呢？把我当贼了？（卸下"汉阳造"，开始解自己身上的衣裳，冲着老东家）东家，你搜，你搜！

地主婆劝栓柱：栓柱，你多想了，她不是那意思。（又劝儿媳）东西事小，别伤了胎气。

栓柱蹲在地上：我不逃荒了。民国二十年，俺爹俺娘，就是因为逃荒，才饿死在路上。

老东家放下星星，又去劝栓柱：车上拉着这么多粮食，到哪儿都饿不着你。（又指指远处的星星）路上兵荒马乱的，你妹这么年轻，有你在，大爷就不怕了。

栓柱看了星星一眼，这才高兴起来，站起身凑到星星跟前：有我在，到哪儿没人敢欺负你。

背起长枪，拾起鞭子"啪"地甩了一鞭，又赶起了马车。边赶边唱。

栓柱（唱）：辕门外三声炮如同雷震

天波府里走出来我保国臣

…………

星星回望县城，从书包掏出一本书打开，里面夹着一张男学生的照片。

21. 县城西　山路上　日

逃荒的队伍前不见头，后不见尾。回望县城，家乡离自己越来越远。

人头攒动中，推着手推车的佃户瞎鹿突然发现了老东家，有些吃惊，隔着人大声喊：东家，你也要跟我们逃荒呀？

老东家发现瞎鹿，也有些高兴：一块儿走吧，路上有个照应。

瞎鹿娘瞅见老东家，悄声：我说有灾好，叫他家也变成了穷人！

花枝：再穷，也比咱家强！

22. 重庆　美国驻华使馆　晚上

大使馆后院灯火辉煌。美国驻华大使高斯正在院子里举行美国使馆迁址招待会。中国政府一批高官，英、俄、法等国驻华使节，美军驻华机构人员等一百多人出席酒会。酒会餐台上，摆满了各种精致的糕点和水果。

中国外交部部长宋子文、国民党中央宣传部部长张道藩结伴走进院子，立即引起轰动和人们的关注。高斯和夫人赶忙上前迎接。

高斯（操着蹩脚的汉语）：感谢两位部长的到来，你们使新的美国使馆（在找词）……

旁边的翻译帮他说：蓬荜生辉。

宋子文笑了：大使的汉语说得越来越地道了。这个地方大使还满意吗？

张道藩：这个新馆址是宋部长亲自选的，四面环山，可以彻底避开日本飞机的轰炸。

高斯：感谢宋部长。我的夫人说，这里美丽的景色是（在找词）……

旁边的翻译帮他说：世外桃源。

众人又笑了。美国使馆的黑人侍者端着酒水托盘来到他们面前。宋子文和张道藩分别端起一杯红酒。这时美国《时代》周刊战地记者白修德来到张道藩面前。

白修德：部长先生，下个月我就要回美国了，能否耽误您一点时间？

张道藩：白修德先生，你在重庆现在是名人了。你对长沙会战和中缅公路的报道，我都看到了。

两人端着杯子在人群中穿行。

白修德：现在重庆都在传，河南发生了特大的旱灾，人一天天都在饿死，许多灾民开始往陕西逃荒，是真的吗？

张道藩：是真的。但饿死人的事，主要发生在沦陷区——除了天灾，主要是人祸了。现在日军正在开封、濮阳一带集结兵力，百姓自然苦不堪言，蒋鼎文将军也正率国军越过黄河向豫北挺进，大战一触即发，如果有百姓向西迁徙，也是为了躲避战争。

白修德欲说什么，张道藩站定。

张道藩：从民族的角度，只有彻底打败日本人，百姓才能丰衣足食，你说呢？

白修德张张嘴，没有说出话来。

23. 河南黄河北　日

蜿蜒的山路上，逆着前不见头、后不见尾的逃荒人流，中国军队正在开赴豫北战场。像逆流的灾民队伍一样，士兵队伍也前不见头、后不见尾。有各种马拉的炮车和鸣着喇叭前进的军用卡车。

24. 逃荒队伍　日

老东家坐在车辕上，看着军队在烟尘中行进，对坐在车辕另一边的星星说。

老东家：看看，仗要大打，还是躲躲对。

星星抱着猫没理他。这时赶车的栓柱仰脖子看看天，又闹上了情绪。东家一逃荒,就东家不是东家,长工不是长工了。

栓柱:东家,日头偏西了,肚子饿得慌,该做饭了。

地主婆:栓柱呀,逃荒不比在家里,路还长着哩,每天吃两顿就中了。

老东家磕磕手里的烟袋,从车辕上跳下来:栓柱,我走走,你坐会儿。

栓柱斜背"汉阳造",坐到了车辕上。星星看他坐了上来,从车辕的另一边跳了下来。栓柱又不高兴了,从车辕上跳下来,怀抱鞭子,蹲到一块石头上。

栓柱:脚疼。这荒你们逃吧,我要回老家。

老东家又劝他:栓柱呀,这不遇到灾了吗?你也跟大爷十几年了,听大爷一句,别犟了。

栓柱剜了星星一眼:别扭,不理人。

这时瞎鹿放下手推车,来到老东家身边悄声说:东家,别惯他这毛病,让他走,咱们两家合一家,我来赶车。

老东家:你会使枪吗?

瞎鹿马上说:会。

老东家看到瞎鹿上有老娘,下有老婆和两个孩子,手推车上尽是些树皮和杂草,摇摇头:会也不中。

然后去做星星的工作。

老东家：书白念了？到啥时候说啥时候。（悄悄指指栓柱和他身上的枪，又指指周围的灾民）路上都是狼，离不开男人和枪，我也知道他捣蛋，也得等灾躲过去再说呀。

星星跳到车辕上喊：栓柱，上车吧，我教你识字。

栓柱又高兴了，也跳到车辕上。

星星：想学啥字？

栓柱伸出巴掌：写你名，星星。

星星掏出钢笔，把她的名写到他的手心，栓柱用巴掌攥住，又指着星星的手。

栓柱：写我名，栓柱。

星星发现了他的阴谋，打了他一巴掌。栓柱笑了，猛抽了牲口一鞭。

25. 行进的军队　日

一辆美式军用吉普，行进在队伍中。吉普车前边是一卡车卫队，之后是一辆军用通讯车，车顶上甩着横七竖八的电台天线。

26. 吉普车内　日

第一战区司令长官蒋鼎文和参谋长董英斌坐在车中。

看着车窗外前不见头后不见尾的灾民队伍,蒋鼎文叹息。

蒋鼎文：河南真是大灾呀。

董英斌：为了一个烂摊子，有进行豫北会战的必要吗？

蒋鼎文：委员长站的角度，怕和你我不一样啊。

吉普车"嘎"的一声刹在路上。一少校军官在车窗外敬礼。

少校：委员长来电。

27. 吉普车内　日

董英斌给蒋鼎文念蒋介石的电报。

董英斌：……年初长沙会战，实为薛、岳率三湘健儿，抱定与长沙共存亡之决心，坚守阵地，奋勇杀敌之结果，为"七七事变"以来最具国际意义之杰作。此次兄率三十万大军逐倭寇于黄河之北，望激励所部，摧强破敌，开辟长沙战役之第二，无负国人所期……（念到这里笑了）上次老薛在长沙得手也是阴差阳错，太平洋战争一爆发，日军有两个师团受到牵制；老薛一胜，成了老头子要挟大家的话把。（悄声）老头子刚做了盟军中国战区的总司令——有人说，这些戏，都是演给外国人看的呀！

蒋鼎文：胡说！

董英斌：何应钦也有意思，你一提增派部队，委员长要派十三军，何应钦却派来个陕西的郑三炮，谁不知道陕军是乌合之众？

蒋鼎文止住董英斌,让他给蒋介石回电:鼎文率所部抱定与河南共存亡之决心,宁肯前进一步死,决不后退半步生,将有效聚歼倭寇于黄河之北……(沉思,向董英斌下命令)把郑三炮这个集团军放到最前面!

正在这时,吉普车又"嘎"的一声刹在路上。

少校:报告司令长官,河南省政府主席李培基在前边劳军。

董英斌(笑了):什么时候了,老李还搞这一套!

蒋鼎文:他哪里是劳军,他是来找我的麻烦!

28.军队行进队列旁　山脚转弯处　日

山脚转弯处,临时搭起一个草棚子。棚子上檐搭着红绸,柱子上贴着对子,上联:八千里路云和月精忠报国;下联:四万万众仇与恨众志成城;横梁上:还我河山。草棚子一侧的山洼里,圈着十几头牛,几十头羊。李培基率河南省政府秘书长马国琳等人候在棚前。见蒋鼎文到来,李培基举起一碗酒。

李培基:蒋司令率威武之师奔赴前线,河南三千万民众箪食壶浆,祝司令长官马到成功,旗开得胜。

蒋鼎文接过这碗酒,沾了沾嘴唇,放到桌子上:老李,这套虚礼儿就免了吧,咱们开门见山,找我什么事?

李培基：我风尘仆仆几百里，就是向司令长官表达个心意，没事。

蒋鼎文：那好，李主席的心意我领了——请允许一个军人告别家乡父老，让他奔赴前线。

接着就要上自己的吉普车，被李培基一把拉住。

李培基：当然也有一件小事麻烦司令长官。

蒋鼎文：知道就是这个——什么事，该不是陪我一起去打仗吧？

李培基：今年河南大旱，又起蚂蚱，赤地千里，饿殍遍野，卖一个大闺女，换不回一斗粮食，许多村庄有饿死绝户的。（指了指逆流行进的灾民队伍）现有一千万灾民，开始颠沛流离往陕西逃荒。那三千万担军粮，本政府实难凑齐，请司令长官给予减免。

蒋鼎文：民众处于水火，谁都是爹娘生的——我从小也是苦出身，主席说得有理，我同意。

李培基大松一口气，赶忙作揖： 感谢司令长官体恤民情，河南的子子孙孙，会永远记住蒋司令。

蒋鼎文：但你得替我做两件事。

李培基：别说两件，二十件我也做。

蒋鼎文：一、你去说服日本人，让他不要进攻河南；二、你去说服委员长，把我的军队撤到潼关以西，我一兵一卒，再不吃河南一粒粮食。

李培基：蒋司令，话不是这么说，灾年不比往年，几百万老百姓正在饿死和逃荒。

蒋鼎文指了指正在行进的军队：万千的弟兄正在奔赴前线，谁知一个月后，我还能带回来多少呢？灾民正在挨饿，士兵不吃饭也会挨饿。你是省政府主席要考虑民众，我是战区司令也得考虑战场和士兵。我说句不怕得罪主席的话：如果两个人要同时饿死的话，饿死一个灾民，地方还是中国的；如果当兵的都饿死了，我们就会亡国。

转身上了吉普车。

李培基摊着手：蒋司令，这一码不对一码嘛！

这时董英斌拉住李培基的手悄声说：李主席，你找我们有什么用？军队只管打仗，并不管粮食从哪儿来呀。

李培基愣在那里。

29. 逃荒路上　傍晚

天渐渐黑了。灾民毫无目的地行走一天，停下来歇宿。

绵延几十里的山路上到处火光闪闪。蜿蜒的山路上，一家一户都在路上埋锅造饭。

沿途几十里锅里的吃食：有煮粥的，有煮红薯的，有煮野菜的，但更多的人家煮的是树皮、草根、乍草、杂草甚至是干柴。花枝迟疑半天，往一锅野菜里下了最后一把小米。

花枝：没了。再往前走，就该喝西北风了。

瞎鹿拖过娘的纺车，扬起斧头，欲劈了当柴火，被他娘当头喝住。

瞎鹿娘：别劈我的纺车，到了陕西，我还要用它纺花呢。

瞎鹿又拖过一条门框，一斧头劈下，扔到火中。

地主家躲在马车后煮的倒是纯米粥。地主婆在烧火，铁锅旁围着扛着大肚子的地主儿媳和星星的那只小猫——小猫比人还着急，把头伸出来，两眼直勾勾地盯着锅看。星星舀出一小勺米汤，倒到地上的一只瓦片里，小猫急不可耐地吞了一大口，又被烫得"喵喵"大叫。马上引起了大肚子儿媳的不满。

地主儿媳：人都吃不饱，还喂猫。

星星：算它吃我那碗，待会儿吃饭的时候我不吃，行了吧？

地主婆劝地主儿媳：你是两个人，待会儿多吃点。

老东家吸着旱烟，在翻看自家的账本。栓柱斜背着大枪，在喂牲口。马踢蹬着腿，有些烦躁不安。

栓柱跟老东家说：东家，牲口老拉稀，喂点料吧。

老东家看着这逃荒队伍，和上路时想的不一样，叹息一声：如果一个月能把灾躲过去，就该喂它料；要是过了一个月，怕是连它也得吃了。

栓柱愣在那里。

30.逃荒路上 夜

夜半，蜿蜒几十里的山路上，灾民在露宿。老东家一家和瞎鹿一家合挤在一处涵洞里。栓柱悄悄爬起来，爬到睡着的星星跟前，将自己的那条破被子，盖到了星星身上。又端详星星的脸，禁不住用手去摸。星星醒来，以为他起了歹心，扬手给了他一巴掌。

星星：干啥哩？

栓柱起身往涵洞外跑，瞎鹿的老婆花枝一伸腿将他绊倒。

花枝：你以为一逃荒，癞蛤蟆就能吃天鹅肉了？

一阵脚踏车"咔啦啦"响，神父安西满骑着脚踏车来到涵洞前。

安西满满头大汗：找得我好苦，打听了半天。

瞎鹿吃了一惊：小安，你咋也逃荒了？

安西满：主让摩西带以色列人逃出埃及，现在主也让我带你们逃出河南。

栓柱抹着脸：老家要打仗了，你怕被炸死吧？

安西满没理栓柱，对瞎鹿说：有一事儿。长垣的东家老梁也出来逃荒，得伤寒刚刚断气，可断了气也不闭眼，为啥不闭眼呢？就是过去不信主，现在等主呢。我想给他做个弥撒，让你拉阵胡琴。

栓柱：嗬，小安，趁着逃荒，你还想大干一场啊？

安西满瞪了栓柱一眼：一场灾过去，你就知道主的伟大了。

瞎鹿却有些拿糖：一天吃了一顿饭，饿得前心贴后背，没劲儿。

安西满回到脚踏车前，脚踏车后架上载了个行李卷，安西满从行李卷里掏出一块饼，递给瞎鹿：一拉胡琴，动静就大了，也让大家知道一下轻重。

瞎鹿将饼递给花枝。两个孩子留保和铃铛上来抢饼吃，被花枝一人打了一巴掌。

花枝：饿死鬼托生的？有半夜吃饭的吗？

31. 逃荒路上　夜

火把下，躺着一个死人。

死人果然不闭眼。

周边围着死者的家属和一些灾民。

瞎鹿问安西满：唱哪出？

安西满想了想：《该放下时就放下》。（又交代）跟过去一样，调儿不变，我临时改词儿啊。

瞎鹿一弓下去，胡琴发出嘹亮的声音。

在胡琴的伴奏下，安西满开始唱自己作词的弥撒。

离家已有一月整

挨冻受饿加上生病

梁东家本是富贵人

没想到病死在路中

死得屈来死得冤

都怪你心中无信念

该放下时就放下

上帝就在你前面

⋯⋯⋯⋯

安西满一边唱弥撒，一边用手抚慰死者的眼睛。但抚慰半天，死者的眼睛还是闭不上。这时人越聚越多，安西满顾不上死者的眼睛，开始专心唱弥撒，声音越来越高亢。

这时天上飘下一九四二年的第一场冬雪，死者的头渐渐变成了雕塑。

曲声中，几十里的山路旁，灾民都在雪地里睡着了。所有灾民的头都变成了雕塑。

32.逃荒路上　夜

曲声中，一盏车灯照在这些弯弯曲曲山路旁的雕塑上。

河南省政府主席李培基乘坐一九四二年的大卡车返回鲁山。

雪越下越大了。雪花在灯柱里飞舞。

33.卡车驾驶室　夜

司机旁边坐着李培基和省政府秘书长马国琳。

马国琳：这个蒋鼎文太轴——一千万灾民的性命，硬是感动不了他。

李培基：他是带兵打仗的人，当然要以国为重。

马国琳笑：谁都知道有人在吃兵额，我听老吴说——陕西过来的郑三炮，手里的空额有三千多，空出的粮食哪儿去了？

李培基：咱们就别管人家了。（拉了拉身上的大衣接着问）湖北陕西两省有音讯吗？

马国琳：不说借粮的事，大家还互通消息；一听说借粮，电报打过去十天，还不见动静，倒听说两省赶忙规定粮食不准自由出境——也是隔岸观火。

李培基望着车窗外雪地里的雕塑：如果军粮再如数征实，就等于在这些灾民脖子上，又架了一把刀。（下决心）我应该立即到重庆去，把灾情当面报告委员长！过去我还有所顾虑，刚刚上任，现在就顾不得了。兄弟虽然无才无德，但还知道汲黯救灾的故事。

马国琳：主席准备报多少县呢？

李培基：受灾有七十八县，不打埋伏，如数上报。

马国琳：我不是让主席少报，加上沦陷区，河南有一百多县，就报一百多县吧！

李培基摇手：我不学郑三炮，大灾之年还损祖缺德。

马国琳：可你如数上报，委员长会说还有二三十个县没有受灾，怎么不能调剂呢？你报一百多个县，说不定委员长倒发了慈悲呢。

李培基：真的假不了，假的真不了。

马国琳意味深长地：水至清则无鱼，人至察则无徒。去年鄂西受灾，老关借灾荒发了多大的财呀！

李培基看着车窗外，突然想起什么：赶紧通知警察署，派人跟着灾民，防止出事！（叹息）如果这时出了乱子，就是给救灾添乱呀。

34. 逃荒路上　日

路上有残雪。一辆马车上，竖着一面"第一战区第九巡回法庭"的杏黄旗。延津县衙的伙夫老马，摇身一变成了第一战区巡回法庭第九庭庭长。老马身背盒子炮，两个随从各背一杆"汉阳造"。一个随从在赶车，一个随从在擦枪，老马在抽旱烟。

随从一：老马呀，多亏有灾呀。有了灾民，公家才成立了巡回法庭。要不然你一县衙的伙夫，咋能当庭长呢？

老马：人手紧，主要是人手紧。加上这操蛋赚吃喝的活儿——跟灾民打交道，能有啥油水？——也没人干呀！

随从二：既然跟灾民打交道，那咱们应该叫"灾民巡回法庭"呀，咋又叫"战区巡回法庭"呢？

这话把老马给问住了。这时随从一替老马答。

随从一：叫"战区"，灾民逃荒，就成了日本人的过儿，日本人不来，哪有战区？再说了，叫"战区法庭"，显得咱这法庭大，叫"灾民巡回法庭"显得晦气。

老马用烟袋敲了随从一脑袋一下：这就对了。（推心置腹地）好好跟你们老马叔干，一场灾下来，咱们就都是官了！

35. 逃荒路上　一土庙　日

土庙正中，是一尊高大威严的菩萨。虽然满身尘土，但目光慈祥。菩萨两旁是四大金刚，皆双目圆睁。

一方大印，摆在了桌子上；一把盒子，拍到了桌子上。土庙成了老马临时审案的法庭。许多灾民扒着庙门看热闹，把土庙挤得水泄不通。老马成了人们关注的焦点，也摆出踌躇满志和大干一场的样子。

老马先拜了一下菩萨：得罪您老人家，占用您的地界，但也是替您惩恶扬善。（用瓦块拍了一下桌子）第一战区第九巡回法庭现在开庭，带原告被告！

随从二将一被五花大绑的灾民捺到桌前。另一老年灾民自动跪到了他的身边。

老马：你们咋了？说吧！

老年灾民（原告）：昨天夜里大家都抢这小庙睡，我年纪大了，没有抢上，全家就睡在这屋檐下。谁知半夜睡着了，这个王八蛋把俺家七块红薯给偷吃了！

被五花大绑的灾民（被告，细嗓子）：我偷吃红薯？我还说你偷吃俺家的蒸馍哩。你说我偷吃你家的红薯，你隔着肚子叫叫，看它能答应吗？

老年灾民：就是你偷吃的！

被五花大绑的灾民：就不是我！

老马气得用瓦块拍了一下桌子：不是你们偷吃的，是我偷吃的好了吧？（接着嘬牙花子，对随从一）红薯已经下肚，这案不大好断。

随从一给老马出主意：既然红薯下肚，把肚子剥开不就知道了？

老马豁然开朗，对被五花大绑的灾民：对，你说红薯不是你偷吃的，剥开肚子让我看一看！

随从二端着刺刀上前就剥这灾民的衣服，当刺刀剥到肚皮时，灾民的细嗓子像杀猪一样叫了起来。

被五花大绑的灾民：老马，不要杀我，红薯是我偷吃的——可我饿得实在没有法！前年给东家扛活的时候，我还往庙里捐过两升小米呢！

老马：小米归小米，偷红薯单说偷红薯。拉下去，打三十军棍！

随从二将号叫的被五花大绑的灾民拉出门外。这时原告——那位老年灾民不干了。

老年灾民：老马，不能光打军棍呀，我的红薯呢？那可是俺家最后一点救命粮呀。我上有八十老母，下有两个生病的孙子——小孙子病得舌头都不会打卷，我都没舍得让他吃！

老马：他已经吃下去了，你让我咋给你掏出来呢？——他吃了你的红薯，我判你吃了他，你敢吃吗？

老年灾民愣在那里。但他突然咬牙切齿地说：我真恨不得吃了他！

老马：带下一拨！

这时随从二将五花大绑的栓柱捺到了老马面前。另一青年灾民自动跪到了他的旁边。

老马：你们又咋了？也是偷东西吗？

青年灾民：是。但比红薯事大。

老马：偷了你一升白面？

青年灾民：比白面事还大，他偷了我老婆！

老马大吃一惊，马上来了精神：审灾民审出了风流案，倒让我老马开了眼！还是不饿呀，不然哪来那么大劲儿？（问被五花大绑的栓柱）你偷了吗？

栓柱梗着头：不是偷，是她愿意的！

青年灾民：可你许给她三升白面，事过之后你又拿不出来，这不明明是骗人吗？

老马：骗奸，纯粹是骗奸！（又训斥青年灾民）你老婆咋那么笨，连个骗子都看不出来？

青年灾民嘟囔：他身上背棵枪，多像有钱人哪。

老马闻此大吃一惊：啥，还有枪？这比骗奸，事儿又大了。（对随从二）先去把枪收了。

随从二出外，将栓柱背的"汉阳造"拿了进来，放到老马案桌上。随着枪，跟进老东家。

老东家上前：老马，说别的行，枪不能收哇。逃荒路上，没个防身的不成啊。

老马用瓦块拍了一下桌子：你防谁呢？防中国人呀？有种，应该端着它打日本人呀。（瞪了老东家一眼，申斥）骗奸这事，你也脱不了干系，俗话说得好，上梁不正下梁歪！

老东家愣在那里。

老马指着老东家：你替他出三升白面，事情还可再说；吐一个不字，立马把他带到监狱！

老东家叹息：待会儿我到马车上找找，看还有没有白面。

栓柱还嘴硬：不用找面，让他们把我带走吧，进了监狱，就不用逃荒了！

随从一上去抽了栓柱一嘴巴：以为真带你去监狱吃白饭呀？说不定拉你二里之外，我一枪就崩了你！

栓柱不敢再说话。

老马：结案。一升半白面给原告，一升半白面给法庭烙饼！

原告青年灾民又不干了：老马，原来许的是三升！

老马：我不问案，你一个面星也得不到！光被告有罪吗？按说你老婆也得判刑，那叫开窑子卖淫！

青年灾民不敢再说话。这时老东家又问老马。

老东家：老马，咱这逃荒的光景，上头都知道吗？

老马已经开始起身还拜菩萨，这时扭转身：咋不知道？不知道派我来干吗？

老东家：这仗到底是咋个回事？要是一时半会儿打不起来，我想折头回老家。

老马：这你不能问我，你得去问日本人。

36. 重庆黄山官邸 山路上 清晨

黄山官邸依山而建。重庆的初冬,草木依然葱茏;葱茏的草木间,开放着火焰般的桃红和山茶花。

河南省政府主席李培基由蒋介石侍卫室二室主任陈布雷陪着去见蒋介石,正在山路上拾级而上。

李培基:陈主任,不到万不得已,我不会到重庆来,河南已经乱成了一锅粥——这事委员长知道吗?

陈布雷:委员长日理万机,就是有所耳闻,怕也知道得不详细。他今天上午要去曼德勒前线,昨天晚上我告诉他你来了,他就让你来陪他吃早餐。

李培基(感激地):谢谢陈主任,三千万河南人有救了。

37. 黄山官邸云岫楼 餐室 清晨

蒋介石穿着睡衣,李培基陪他一起吃早餐。每人面前各摆了一碗稀饭,几片面包,一个水煮鸡蛋。桌上放着几碟小菜。

蒋介石点着桌上的饭:培基,吃,吃。

李培基诚惶诚恐地吃稀饭。

还没容李培基开口,蒋介石的机要秘书走进来,手拿一份手写的简报,按照惯例,趁蒋吃饭的时候,向他报告最新发生的国内外大事和重要新闻,并将蒋的话及时记在另一个纸簿上。机要秘书歉意地向李培基点点头,李培基赶忙深深地点了一下头,让机要秘书先说。

机要秘书:缅甸方面,罗卓英来电,昨日我军在曼德勒以西损失惨重,日军用了瓦斯,我军死伤八百多人。另外已告罗——委员长今天抵达。

蒋吃饭,没说话。

机要秘书:昨天夜里,日军突袭仁安羌,英军一个师加一战车营七千多人被困,凌晨蒙哥马利元帅打来电报,请求我军从曼德勒分兵支援仁安羌。

蒋没有说话。

机要秘书:罗斯福总统的私人秘书居里已到重庆,请求委员长会见,已告诉他委员长要去曼德勒。

蒋没有说话。

机要秘书:南京方面,周佛海派来密使,有意脱离汪逆(精卫)在其寓所建立秘密电台,昨日戴笠局长已与密使见面。请求如何处置。

蒋没有说话。

机要秘书:印度方面,甘地昨天绝食成功,印度教派和伊斯兰教派的领导人都发表声明,答应停止流血冲突而握手言和。

蒋停止吃饭：他饿了几天？

机要秘书：七天。

蒋没有再说话。机要秘书继续报告。

机要秘书：希特勒昨天会见了墨索里尼，说再有三天，德国军队就可攻占斯大林格勒；但据我驻俄使馆报告，斯大林格勒战事的态势并不明朗。

蒋介石打断秘书：通过英国驻我大使，让他告诉印度方面，下个月我访问印度时，希望见到甘地。

机要秘书飞速记下，又接着说。

机要秘书：豫北会战，蒋鼎文将军昨天打来电报，我军大部已渡过黄河抵达指定位置，但迟迟不见日军行动……

蒋介石：告诉蒋鼎文，看准时机，也可先发制人——晚打不如早打，我们的军粮储备，不如日军！

机要秘书飞速记下。这时另一秘书来到蒋介石身边。

秘书：去曼德勒的飞机已经准备好，何部长已在机场等候——怕停会儿日机空袭。

蒋介石站起身，李培基也赶忙跟着站起来。

一个侍卫上来帮蒋介石换上军服。

一大群陪同蒋介石的贴身人员都出现了。这时蒋介石突然想起什么，在人群中转过身来，对李培基和蔼地说。

蒋介石：培基，你可能没吃好，我走了以后你慢慢吃——

到重庆来有什么事?

李培基已经听傻了,这时像触电一样反应过来。在这里听到的每一件事,都比他要汇报的事急切和重大,他结结巴巴地说。

李培基:吃好了,吃好了,没事,没事。

蒋介石:听说河南发生了旱灾,严重吗?

李培基:本省能够克服,能够克服。

蒋介石语重心长地:河南的担子很重,所以当初派你去。(这时陈布雷走进来,对陈布雷)培基很累,好好照顾他。

38. 黄山官邸　山路上　清晨

李培基由陈布雷陪着下山。

陈布雷:都向委员长报告了吗?

李培基擦着头上的汗,懊恼地:他们向委员长报告的每一件事,都比我要说的事大,一下把我给吓住了。重庆我等于白来了。

陈布雷:该说你没说,你就回去自己想办法吧。

李培基摊着手:如果在河南有法子可想,我就不来重庆了。陈主任到河南去看一看,一百多个县全部受灾,赤地千里,饿殍遍地,灾民流徙,嗷嗷待哺。(这时从皮包里掏出一沓材料)数字都在里边,等委员长从缅甸回来,还请陈主任给呈上去,请求政府免除征实和紧急救灾。

陈布雷叹息：李主席，该说的时候你错过去了，这事就被动了。

李培基擦着头上的汗：看在三千万受灾的河南人分儿上，你给通融通融。

39.陇海铁路　日

潼关至洛阳的陇海铁路。

铁路两旁，移动着往陕西逃荒的第一批河南灾民。他们的表情，疲惫而麻木。

逆着灾民队伍，美国《时代》周刊战地记者白修德搭第一战区上校军需官董家耀的轧道车，由西向东去河南采访灾情。他们每人身上挂一把手枪。

灾民们各种各样的面孔中，白修德和董家耀在对话。

董家耀：本来你现在应该在纽约。

白修德：都怪我在电报中多了一句嘴，亨利就发了疯。把一个战地记者派到灾区，我不知道从这里能找到什么，他倒带着情妇到长岛度假去了。（问董家耀）我弄不明白的是，这么多灾民默默无语地向西走，他们是盲目的还是有目的的？

董家耀：习惯。就是习惯。河南人一遇灾就往陕西逃荒，就像山东人一遇灾就往东北逃荒一样。

白修德：为什么沿着铁路走？

董家耀：他们盼着有一天能扒上火车，早一点到达陕西。陇海线对于他们，就是释迦牟尼的救生船。

白修德：一个地方发生旱灾，怎么会有这么多灾民？

董家耀：蚂蚱。关键是蚂蚱。河南省政府秘书长马国琳说，现在正在进行斯大林格勒战事，就是把德、苏所有武器都集合起来，也消灭不了早秋时河南的蚂蚱。

白修德：我觉得这里一定存在误会。

董家耀：不误会，逃荒他也是为了求生。

突然灾民队伍大乱，空中出现了日本的飞机。战争的序幕已经拉开，日军的飞机前来轰炸陇海线。炸弹次第落下。有的炸弹炸断了铁路，有的炸弹扔到了灾民队伍中，到处血肉横飞。

白修德和董家耀急忙跳下轧道车和灾民一起往山坡窑洞里躲藏。在灾民狼狈躲藏、哭爹喊娘、寻子觅爷的场面中，白修德出于战地记者的本能，挣脱董家耀的阻拦，又冲出窑洞，对轰炸场面进行拍照。

一架飞机掠过白修德的头顶，在山坡上扔下一枚炸弹。白修德被气浪掀翻在地，拔出手枪，对着空中乱射。

白修德：Fuck！

扔完炸弹的飞机掠过山坡飞去。

白修德看着铁路突然又骂了一句：Fuck！

原来他们的轧道车在铁路上被炸飞了。

40. 逃荒路上　傍晚

蜿蜒几十里的山路，灾民们在宿营。

花枝在捣树皮。

起身时，一阵晕眩，差点跌倒。

留保：娘，咋了？

瞎鹿：饿的。

花枝撑住身子：愁的。

瞎鹿娘发烧了，躺在窝棚里。

瞎鹿来到窝棚前，用手摸了摸娘的头：咦，越来越烧了，跟炭火似的。

瞎鹿娘呻吟着：烧了好，烧了暖和。

瞎鹿蹲在窝棚前，望着天，叹了口气。

41. 逃荒路上　半夜

起风了。

怒号的寒风中，瞎鹿引来两个人贩子。

三人停在瞎鹿家窝棚前。

瞎鹿在熟睡的亲人中抱起铃铛。铃铛手里仍拿着那只核桃风车。

瞎鹿：趁着她睡着了，你们把她抱走吧。

两个人贩子交换一下表情，非常失望。

人贩子一：这么点儿呀，你把她说大了吧？有十岁吗？看着也就三四岁。

瞎鹿：全是饿的，给饿抽抽了，给口吃的就长起来了。

人贩子二搓着手：就是弄到人市上，也很难出手，买回家当童养媳，都得多费几年嚼谷。我们帮不上你这忙。

瞎鹿恳求：逃荒一个月了，家里大人小孩，已经十天水米没打牙，每天全在吃柴火，娘得了伤寒，发高烧说胡话，不知还能撑几天。

人贩子一的目光掠过高烧昏迷的瞎鹿娘，停在熟睡的花枝脸上。

人贩子一：她倒行，能卖五升小米。

瞎鹿惨笑：除非她卖我，我不敢卖她，家里老人小孩，一大摊子还指着她张罗呢。

人贩子二的目光停在熟睡的留保脸上：这个男娃也凑合，三升小米。

瞎鹿：还指着他传香火呢。（用下巴颏示意铃铛）这孩子也是我的心头肉，生下来的时候她娘没有奶，我每天抱着她沿街挨户求百家奶长大的。

人贩子一：两升小米，我们帮你试试吧。

瞎鹿：四升。

人贩子二：那就算了。

瞎鹿：三升。

人贩子一：两升半，别再争了。现在什么都金贵，就是人不值钱。说不定这两升半小米，也得砸到俺哥俩儿手里。

瞎鹿将熟睡的铃铛交给了人贩子一。

这时花枝醒来，看到外面的情形，马上明白发生了什么，她从窝棚里钻出来，像母兽一样扑上去，一头将抱着铃铛的人贩子一顶倒了。

人贩子一：干什么？你这母夜叉！

这时八岁的留保也醒了过来，上去将妹妹从人贩子一手里抢了过来。铃铛醒来，瞪着惊奇的眼睛，还不明白发生了什么。

花枝：瞎鹿，我×你八辈，你背着我卖我的孩子！

瞎鹿抱着头蹲在地上：你以为我想卖她？可卖一个人，能救四个人；咱娘病成这个样子，也能给她抓个药！（断然站起）抱走，这个家还是我做主！

人贩子二又上去抱铃铛。这时花枝抄起地上的扁担扑了上去。人贩子二以为花枝要砸自己，飞快地跳出圈外躲避；但花枝的扁担径直向铃铛头上拍去。幸亏这时邻居们醒来，栓柱一个箭步上去，抱住了花枝。花枝的扁担稍微偏了一下，没有砸到铃铛头上。

花枝大哭：我就是把孩子拍死，也不能让人把她领走！你为了给你娘看病就卖我的孩子呀。我十七岁嫁到你手上，有哪点儿对不住你家！如果不是在逃荒，我要能跟你过一天，我就不是我娘养的！

这时瞎鹿娘也醒来，看到眼前的情形，虽已生命垂危，也开始大哭——虽然哭得声音嘶哑和有气无力：如果是因为我，我现在就上吊给你看！

瞎鹿没好气地：上吊，有房梁吗？

老东家在自家的马车旁看着这一幕——马车上的粮食，已经下去了一半，不由得摇头叹息：这场苦戏，是演给我看的呀！（对星星）看着瞎鹿就会唱曲儿，原来也很有心眼。可路上这么多穷人，我也救不起呀。

用碗盛了一碗小米，过去交给瞎鹿。

老东家：孩子别卖了，先给你娘熬个稀汤，等灾过去再还我。

瞎鹿得寸进尺：东家，干脆借一斗吧，省得老张口。

老东家：我也一家老小，儿媳还扛着个肚子，路还长着呢。

吵闹的声音，吸引过来许多灾民围观。围观者大都不看瞎鹿家卖女儿，而是两眼直勾勾地盯着老东家马车上的粮食。

老东家发现这一点,倒抽一口凉气,埋怨栓柱。

老东家:把枪弄丢了,多不踏实呀。

栓柱臊眉耷眼,低下头来。

这时东方天边开始"咚咚"地打炮。越来越响。激烈的机枪声。东边的山燃红了半边天。豫北会战开始了。

瞎鹿:咋了,东家?

老东家:怕是军队和日本人在东边打上了。

瞎鹿愤怒地:打,打,打他娘个,知不知道这里正饿死人!

老东家祈求:盼着咱们打胜吧。仗一打胜,咱就能回去了。

42. 延津县衙外　日

延津县衙,已成为蒋鼎文的前线指挥部。

县衙外有士兵守卫。街道上有部队通过。

一辆美式吉普,快速驶到县衙前。

第一战区参谋长董英斌从前线归来,风尘仆仆下车,进了县衙。

43. 延津县衙内　日

县衙内一派紧张繁忙景象。许多参谋人员守在不同的电台前。电台声"嘀嘀嗒嗒"响个不停。

一张桌子上,铺着豫北会战的军用地图。第一战区司令长官蒋鼎文正伏在地图上沉思。

董英斌匆匆进来，来到蒋鼎文身边，指着地图：长垣封丘一线可能要丢，日军刚刚渡过黄河，许多阵地展开白刃战，日军死伤八百多人，我军死伤三千多人，郑三炮怕是顶不住了。

蒋鼎文没理这个茬，指着地图，绕开长垣封丘一线，指向安阳汤阴一线：命令十五集团军、二十八集团军，最迟明天早上，对安阳汤阴一线完成合围，明天中午发起总攻，（用拳头擂了一下桌子）打他个出其不意！

这时一作战参谋拿一电报快速走来。

作战参谋：委员长来电。

蒋鼎文看电报。看后大惊失色。

董英斌看到蒋鼎文神色有些异样，问：怎么了？

蒋鼎文把电报交给董英斌：委员长从缅甸来电，让我们有序撤出河南。

董英斌看完电报，也大吃一惊：错了吧？战争刚刚开始，我军并无大的失利，为什么要把河南拱手让给日本人？

蒋鼎文沉思：委员长走的时候对豫北会战决心很大，突然又让撤退……

作战参谋：何况河南还有那么多灾民，现在部队不战而撤，不是把他们甩给了日本人？

蒋鼎文叹息：也许正是因为灾大，委员长才出此下策啊。（对董英斌）本来大家对豫北会战就有异议，委员长坚持要打，现在缅甸战役和南方战线都不顺……国家贫弱，只有甩包袱，才能顾住大局啊。（接着对作战参谋）按委员长的电令执行。

作战参谋：司令长官，河南有三千万人啊。（突然明白他说这话不合适，小声嘀咕）我也是河南人。

蒋鼎文：你应该明白这电报的分量——不准透出一句，恐怕连李培基都蒙在鼓里！

作战参谋眼里噙着泪花：是！

44. 逃荒路上　日

炮声阵阵。与当初中国军队逆着灾民队伍往前线开拔相反，现在中国军队顺着灾民队伍开始往后撤退。陕军郑三炮的部队走在最前边。部队的行走也与当初不同，往前线开拔时队伍显得紧张、整齐和有序，现在撤退显得匆忙和慌乱。队伍中还有许多挂了彩、缠着绷带的伤兵，一些重伤员躺在担架上。第一战区第九巡回法庭的马车也被军队征用，车上拉着几个伤兵。庭长老马带着两个随从一边跟着马车跑，一边跟一个低级军官分辩和解释。

老马：长官，我们这辆马车你不能征用，这可是国家的巡回法庭。

低级军官坐在车上,脸上也挂了彩,额上缠着纱布:蒋鼎文欺负俺陕西人,把俺派到最前头,日本的迫击炮弹"嗖嗖"地在头上飞呀——老子的命都快没有了,你还心疼你的马车!

另一士兵对老马:我们也是为你好,我们一走,日本人就要来了,你给日本人断案呀?

45.逃荒路上　日

灾民队伍停下来看部队撤军。老东家脸上非常不解,向队伍中一骑马的军官喊。

老东家:长官,你们这是打赢了还是打输了?

军官大言不惭:打赢了!

老东家:打赢了怎么往后撤呀?

军官:我们是迂回作战!

46.逃荒路上　日

撤退的中国军队突然大乱,因为空中出现了日本的轰炸机群。灾民也跟着大乱。

47.天空　日

日本机群发现了地面上前不见头后不见尾的中国军队,

俯冲下来。但俯冲下来他们又有些犹豫。他们通过无线电在用日语交谈。

一飞行员：好像还有一队是中国灾民，军部最近命令，不准轰炸灾民。

另一飞行员往下指指军队：还是中国军人多。

机长：既然军人多，就应该轰炸。一、二、三，放！

密集的炸弹从空中次第落下。

48.逃荒路上　日

炸弹落到中国军队和灾民混杂的队伍里，立即血肉横飞。被炸死的有中国军人，但更多的是逃荒的灾民。

老马的马车被炸飞了。车上的伤兵和刚才跟老马说话的陕西军官被炸成一团肉酱。老马因祸得福，带着两个随从，抱着头在山路上飞奔。

轰炸中，神父安西满骑着脚踏车也在奔跑。一颗炸弹落下，安西满被烟雾埋住。等烟雾散去，安西满的脚踏车散了架，行李卷被炸飞了。安西满也被弹片崩着了头，迸出一脸血。他身边的几个溃兵被炸上了天。安西满愣怔在那里。

老东家一家与瞎鹿一家躲在山崖下。老东家看到安西满，向安西满拼命招手。

老东家：小安，小安！

安西满没理会老东家的呼喊,炮火之中,一动不动,开始对着天空祈祷。随着他的祈祷,空中又落下一批炸弹,瞎鹿跑上去,一把将安西满拉到山崖下。一颗炮弹,恰恰落在安西满刚才祈祷的地方。等于救了安西满一命。

日本的轰炸机群飞走了。轰炸过去引起了哄抢。郑三炮的一些溃兵开始趁乱抢劫灾民的东西。灾民中最值得抢的就是老东家马车上的衣物和粮食。一些溃兵哄抢马车。后来的一个溃兵看到别人先下手为强,一刺刀扎在别人抢到手的粮袋上,谁知从粮袋里"哗啦""哗啦"滚出一些银元。立即吸引来更多的溃兵。

老东家的儿媳护着自己怀孕的肚子。星星也死死抱住自己的怀,溃兵以为星星怀里也藏着财宝,上去一把拽了出来,原来是一只猫,溃兵气急败坏地把猫摔到地上,猫一声惨叫,星星扑上去抢起。

老东家惊恐地看着四周,突然醒悟,扑向马车,死死抱住最后一袋粮食,被一溃兵一枪托砸昏在地,账本从怀里滑落而出。星星和地主婆又上去护老东家。另一溃兵趁势夺去地主婆怀里的大钟。

小安看着这混乱的一切,又开始对着天空祈祷。

小安:主啊。

这时第二批日本轰炸机飞来,第二批炸弹又次第落下。

许多士兵和灾民又被炸死了。但炸弹也救了灾民,士兵抱着抢到手的东西开始逃跑。几个士兵赶走了东家的马车,一个士兵摘下老东家的狐皮帽子,戴到自己头上。另几个士兵想将星星掳走。星星挣扎着喊。

星星:栓柱,救我。

栓柱急了:放手,这是我媳妇!

抄着铡刀砍翻一个溃兵。另一溃兵端起枪就打栓柱。这时安西满不祷告了,像猛兽一样,扑到这溃兵身上。溃兵枪口一歪,没打中栓柱的胸膛,打中了栓柱的胳膊。栓柱的胳膊被打翻出一块肉。这时又一批炸弹落下,溃兵一哄而散。星星从身上扯下一条布给栓柱包扎。

星星:没想到,你胆还挺大。

栓柱总算重新立了功,有些扬眉吐气:惹我!

这时听到瞎鹿嘶裂嗓子在喊:娘,娘!

原来瞎鹿娘在这次轰炸中被弹片炸死了。好像还不明白发生的一切,瞪着惊恐的眼睛。

49. 逃荒路上　日

日本飞机和中国军队走后,剩下灾民在山路上收拾残局。

老东家从昏厥中醒来。狐皮帽子被抢走了,露出一个大光头。光头上露出在老家被抢时留下的伤疤。

栓柱：东家，你没事吧？

老东家在星星的搀扶下挣扎着站起身，四处寻找，首先找到账本揣到自己怀里。

老东家：现在我什么都没有了，不是东家了。过去我说是躲灾，现在也成逃荒了。这下踏实了。（指指自己的光头）冷。（又从地上捡起一个钟锤）没有钟锤，抢个钟有啥用呀。（然后走到瞎鹿身边，看被炸死的瞎鹿娘，对瞎鹿叹息一声）昨天那小米，应该借给你一斗。

瞎鹿抱着被炸死的娘，他不敢对日本飞机和中国军队发火，现在把无名火发到了老婆头上：我用小车推着俺娘走了几百里，原来怕她病死和饿死，没想到她被飞机炸死了——这下你称心了吧？

花枝也像母老虎一样发泄：死了轻爽——我还想被飞机炸死呢。死了不受罪！

瞎鹿抄起扁担就要打老婆，被老东家劝下。

老东家：啥时候了，你们还顾上打架，还是赶紧挖个坑，把你娘埋了吧！

这时栓柱突然发现什么：咦，你娘被炸死了，咋一点血没有呢？

果然，瞎鹿娘额头上有一个圆洞，但没出一点血——仍瞪着惊恐的眼睛。

瞎鹿从娘怀里拿出祖宗牌位,插到自己怀里,这时伤心地:她半个月都在吃柴火,昨天刚喝碗米汤,还变不成血呢。(看娘大睁着双眼,对安西满说)俺娘死了也不闭眼,小安,趁着你在,也给她做个弥撒吧。不管她信不信主,你念叨两句,她要能进天堂,也就不挨饿了。

安西满:你的胡琴呢?

瞎鹿去手推车那里寻找二胡。但手推车已被炸弹炸飞了,行李衣物散了一地,二胡也被炸成了碎片。

瞎鹿对安西满说:家伙没了,你只能一个人干唱了。

安西满想了想:那我由着眼前的事儿,唱个《玛利亚,俺的娘》吧。

于是干唱弥撒。

玛利亚　俺的娘

世道变成了啥模样

遍地死人无人管

妻离子散家破人亡

鬼子又来扔炸弹

死的死来伤的伤

玛利亚　俺的娘

圣母快显灵　莫让人死光

……………

安西满一边唱弥撒,一边用手抚慰瞎鹿娘的眼睛。瞎鹿娘的眼睛倒慢慢闭上了。

安西满眼中流出了泪。

50.逃荒路上　日

瞎鹿娘已被埋葬。地冻住了,坑挖得太浅,新翻起的黄土,刚刚埋过她的尸身,一缕灰白的头发,还露在外面。

瞎鹿娘那架破旧的纺车,也被炸弹炸得散了架。瞎鹿把散了架的纺车堆在坟前,点着。熊熊火光中,瞎鹿跪拜。

瞎鹿:娘,天冷,你在那边多纺花,穿暖点儿。

老东家问安西满:小安,你不是说,主要带我们走出苦海吗?现在大家已经够苦的了,主咋不管哩?

安西满看着眼前的景象,脸憋得通红:老东家,我教传得不好,你把我问住了。

51.洛阳郊区一天主教堂　日

灾民队伍从远处山坡上走过。

教堂前拴着一头毛驴。一个中国教士正往毛驴身上搭一些食品、铺盖和草料。

意大利天主教神父托马斯·梅甘拍拍毛驴，对美国《时代》周刊记者白修德说：这是我能尽的最大努力了，给你找了一头毛驴。但我还是劝你回重庆。

白修德：我从重庆出发的时候，只知道这里发生了灾荒，没想到情况会这么严重。

托马斯·梅甘：那是你刚到灾区，我们已经习惯了，因为每天都在死人。

白修德：死人并不使我难过，难过的是弄不明白究竟是怎么回事。在一批批倒下的中国灾民面前，我看不到一个政府所应承担的救济和帮助作用。

托马斯·梅甘：你是美国人，我是意大利人，美国和意大利正在欧洲战场相互蚕食，但在对中国灾民的看法上，我与你有同样的不理解。政府的官员都说无法救灾是因为战争，但豫北会战打得一塌糊涂，河南眼看就是日本人的了。你继续往灾区走，会有两种结果：一、你明年得了普利策奖；二、你成了日本人的俘虏。

白修德：我只是想了解真相。我觉得事情的背后，一定另有原因。（遥望山坡上的灾民队伍）灾民都一声不响地往前走，中国的委员长到底是怎么想的呢？

52.黄山官邸　日

国民党中央宣传部部长张道藩走进蒋介石的办公室，蒋介石正在桌后批阅文件；蒋介石见张道藩进来，指着茶几上的《大公报》说。

蒋介石：宣传的事，都归你管，你把这篇关于河南的社评，好好念一念。

张道藩拿起报纸，左栏是一篇社评，叫《看重庆，念中原》，作者王芸生，张道藩只好念道："昨日本报登载一篇《豫灾实录》，想读者都已看到。谁知道那三千万同胞，大都已深陷在饥饿死亡的地狱。饿死的曝骨失肉，逃亡的扶老携幼，妻离子散，吃杂草的毒发而死，啃树皮的忍不住刺喉绞肠之苦。这惨绝人寰的描写，实在令人不忍卒读……尤其令人不忍的是，灾荒如此，粮课依然。今天报载中央社鲁山电，谓'豫省三十一年度之征粮征购，虽在灾情严重下，进行亦颇顺利'。这'亦颇顺利'四个字，实出诸血泪之笔。……"

张道藩念不下去了，忙检讨：是我监管不力，昨天晚上，我刚从广西回来……

蒋介石停下手中的笔：王芸生是不是《大公报》的主编？

张道藩：是。

蒋介石发火：王芸生蛊惑人心，让《大公报》停刊整顿！

张道藩忙说：只是，王芸生受到美国国务院战时情报局的邀请，过两天就要访美，这时将《大公报》停刊，是不是……

蒋介石：这种时候，美国就不要去了。

张道藩忙转移话题：外边议论更多的，是豫北会战的事。政府要放弃河南，把灾民甩给日本人，已成为公开的秘密。大家都说……

蒋介石：胡说，政府从来没说放弃河南，让《中央日报》发个社评，以正视听。

张道藩张嘴想说什么，但没说出来。这时宋美龄进来，对蒋介石说。

宋美龄：童子军的孩子们来了，都想见见你。（又强调）这批孩子，都是烈士的遗孤。

蒋介石这时转过来情绪：烈士的遗孤，我见我见。

张道藩擦着头上的汗，也忙附和：该见，该见，委员长是童子军的总会长啊。（接着说）委员长，我先回去了。

张道藩退去。宋美龄开始给蒋介石的脖子里系童子军的领巾。这时陈布雷进来。

陈布雷：史迪威来了。

蒋介石：不是说明天见他吗？

陈布雷：他自己闯进来的。

53.黄山官邸　日

史迪威在发火。

史迪威：请原谅我打扰您，我知道您刚从缅甸回来非常疲惫。但我实在不能再忍受下去了——必须马上进行军事改组，曼德勒战役打得一塌糊涂，每一个将军都在保存自己的实力，杜聿明和戴安澜拒不听从指挥，他们忘记了我是他们的长官。而我听说，他们背后有您撑腰！

蒋介石脖子里系着童子军的领巾：史迪威先生，这是不可能的。

史迪威：我还听说，蒋鼎文将军的部队，并没有有力地抵抗向河南进攻的日军，一个礼拜就把防线全丢了，据说也是因为您暗地要把这支部队撤出，把河南甩给日本人。

蒋介石：这肯定是谣传，蒋鼎文将军的部队，还在有效地抵抗日军。

史迪威：盟国援助的战略物资的分配，也应该以军队能否作战为前提，而不能只用来装备效忠于个人而不是国家的嫡系部队——有人说您在考虑战后的世界格局和中国格局，但如果我们在目前的战争中每一个人都在打个人的小算盘的话，也许有一天我们会先进日本人的战俘营而没有战后。

蒋介石发怒：史迪威将军，请你明白你在跟谁上课。我是盟军中国战区的总司令，而你是我的参谋长——你不懂中国的事情!

史迪威：已经有无数人在用这个理由来搪塞我，那么中国的情况到底是怎么样呢？我要把这里的情况报告罗斯福总统，罗斯福和斯大林肯定也不会同意你们的军队这么做！这也会影响到我们援助物资的战略分配！

蒋介石震怒，"忽"地站起：你不用拿援华物资来威胁我！我也会告诉罗斯福总统，你并不是一个称职的参谋长！

这时宋美龄挽狂澜于既倒，美丽地笑着：都是老朋友了，犯不着一谈中国就这么怄气。（对史迪威，直接用英语）将军，委员长是中国人，他肯定和您一样关心中国。（挽起仍在生气的史迪威）外边有童子军在等着，我邀请您一起去检阅这支部队。

54. 黄山官邸　日

黄山官邸台阶上，站着蒋介石、宋美龄、史迪威，他们身后站着陈布雷等人。

一群八九岁的孩子，穿着童子军军服，列队从台阶前通过。打头旗的是一个瘦弱的小女孩。孩子们虽然精神抖擞，但步伐走得七零八落。

宋美龄对蒋介石：刚凑到一起，步子还走不好。

正是这七零八落，让蒋介石看得很开心。史迪威也笑了。

蒋介石放下心中的军国大事，慈祥地说。

蒋介石：顶好的，顶好的。

宋美龄招呼打头旗的小女孩上前。

宋美龄对蒋介石：这是孙放吾烈士的女儿。（悄声）孙将军是96师的副师长，上个月在缅甸壮烈殉国。

蒋介石走上前去，对小女孩：你父亲是个伟大的军人。

小女孩眼泪唰地下来了，啪地向蒋介石敬了一个礼。

蒋介石也被感动了，将小女孩的手拿下来：过年的时候，到我家里来，爷爷给你发压岁钱。（又对所有的孩子）你们的父亲，都是伟大的军人。

55. 开封火车站　日

日军排着整齐的队伍，在上火车。远处可以看到开封的木塔。

站台上全是日军。

日军华北方面军司令官冈村宁次大将，某集团军司令官高桥次郎中将在站台上踱步。他们在用日语交谈。

高桥次郎：司令长官，军部一下从这里抽调这么多兵力，豫北战役我们是否要彻底放弃？

冈村宁次：河南赤地千里，到处都是灾民和死人——但这并不是我们放弃进攻的理由，而是帝国受到了太平洋战争的牵制。蒋介石要把河南作为一个包袱甩给我们,军部也是将计就计,停止进攻,从这里抽调兵力。

高桥次郎:既然这样,从明天开始,我就命令空军停止轰炸。

冈村宁次摇头:不。地面进攻可以停止,但飞机不要停止轰炸——就这样一直拖下去,让重庆方面摸不透我们的意图。

高桥次郎:这样拖下去,也就是再拖死些灾民,从战争利益上讲,重庆方面已经取得了胜利。

冈村宁次:一开始我也这么想,后来山田总长教诲我,拖着一个国家的人民,也就拖着了这个国家。

汽笛一声长鸣,满载日军的列车开动了,喷出的烟雾遮蔽了车站。

56. 逃荒路上　傍晚
白修德骑着毛驴,逆着灾民队伍向东走。
在山脚转弯处,他发现了山脚后面的乱坟岗。
乱坟岗上,有狗在扒吃人的尸体。
白修德跳下毛驴,掏出一九四二年的"莱卡"相机,对着乱坟岗拍照。

57.逃荒路上 傍晚

花枝、星星、地主婆等人在路边野地里拾杂草。

老东家、栓柱、瞎鹿等在路边剥树皮。

沿途的树木，已经让灾民剥成了光杆。

瞎鹿扶着树，让留保站在自己肩上，用镰刀往上够残存的树皮。

58.逃荒路上 夜

几十里的山路上，灾民又在埋锅造饭。

老东家彻底成了灾民，锅里煮着和瞎鹿家一样的东西，也是杂草和树皮。地主婆在给老东家、大肚子儿媳、星星和栓柱盛树皮汤。老东家吃饭也不背人了，和瞎鹿家吃在了一起。

老东家端着碗感叹：活了一辈子，做梦也没想到要吃柴火。见天儿吃这个，身子都吃麻了。（张开嘴让瞎鹿闻）闻闻我嘴里啥味儿。

瞎鹿：不用闻，苦味儿。

老东家愤怒地：过去可都是饺子和包子味儿呀！

白修德牵着毛驴从灾民间穿过。他身后跟着一群灾民的衣衫褴褛的孩子。其中有留保和铃铛。白修德发给他们每人一块饼干，这些孩子马上填到自己嘴里。接着一些大人也不顾廉耻地伸出手跟着他跑。饼干发着发着快没有了，场面有些混乱，白修德有些慌乱，加快步伐想摆脱这些灾民。但这些灾民紧追不舍，将白修德团团围在中间。情急之下，白修德从腰里拔出枪，向空中"嘭"地打了一枪，把这些灾民给吓跑了。

59.逃荒路上　夜

避开灾民，白修德来到一座山包后，从毛驴身上卸下铺盖、剩下的食品和草料，像灾民一样准备露宿。他在避风处摊开铺盖，给毛驴喂干草，将自己皮帽子的耳朵放下来，裹上被子，一块一块往嘴里送饼干。他望着星空，心潮起伏。

60.逃荒路上　深夜

几十里山路上，睡着的灾民。

瞎鹿一家睡在一座废弃的戏台后。夜里风寒，花枝搂着留保，瞎鹿怀里搂着铃铛。

一只手在拍昏睡的瞎鹿。瞎鹿醒来，发现是栓柱。

瞎鹿不乐意地：弄啥哩？

栓柱：老东家叫你。

瞎鹿：去弄啥？

栓柱趴到瞎鹿耳边，悄声说了几句话。瞎鹿身子一紧。想了想，把怀里的铃铛放到地上，起身。铃铛醒了。

铃铛：爹，弄啥哩？

瞎鹿：等着，爹给你弄吃的去。

61. 逃荒路上　深夜

山包后，由于连日的疲惫，白修德已经睡熟。相机套在脖子里，手枪掖到枕下，剩下的不多的食品也被他掖到枕下；小毛驴嘴里倒着草，卧在他身旁。

夜色里，老东家、栓柱、瞎鹿悄悄摸到山包后。原来老东家在组织抢白修德，像几个月前灾民抢他们家一样。

瞎鹿（悄声）：抢他的东西吗？

老东家指了指毛驴：主要是牲口。

瞎鹿：他要醒了呢？

老东家：宰了他。

栓柱有些胆怯：他身上有枪。

老东家瞪了栓柱一眼：咱本来也有枪，不是被你弄没了？

栓柱有些气馁，悄悄爬了上去。接近白修德，先找他的枪。发现枪在枕下，小心翼翼将枪一寸寸从枕下掏出。瞎鹿接着爬上去，将毛驴悄悄牵走。栓柱见白修德仍无动静，又将白修德枕下的食品悄悄掏出；想了想，还不甘心，从身上掏出一把杀猪刀，将白修德脖子里的相机带子割断，将相机也拿走了。

62. 逃荒路上　深夜

三人牵着毛驴转到山包前。

瞎鹿：毛驴偷了出来，可到哪儿卖呢？

老东家：七天水米没打牙，寻个没人的地方，现在就把它宰了，煮了，吃了！

63. 逃荒路上　深夜

山洼里，瞎鹿抱着驴头，栓柱掏出怀里的杀猪刀，照着驴脖子捅过去。但一刀没捅准，毛驴一阵疼痛，嘶叫一声，踢蹬开人，拖着血脖子向黑暗中跑去。

老东家跺着脚：该拿绳子勒呀，咋能拿刀子捅呢？

驴的嘶叫声惊醒了白修德，白修德闻声追了过来，看到他的东西都在栓柱身上，一下扑了上去，将栓柱扑倒在地。两人在地上翻滚扑打，到底白修德比许多天没饭吃的栓柱体力好，渐渐将栓柱压到身下。栓柱气急败坏，拿起刀子要捅白修德，被白修德一肘将刀子打掉。栓柱拾起相机，就要砸白修德的脑袋，白修德慌忙后撤。

白修德：饼干，毛驴，给你们；相机不能吃，还我。

栓柱和瞎鹿愣在那里。

老东家又跺脚：还愣着干什么？追驴去呀。

64.逃荒路上　深夜

瞎鹿和栓柱去追驴,老东家和白修德坐在山坡上。白修德从身上掏出一盒皱皱巴巴的香烟,递给老东家一支。

老东家颤颤巍巍吸了一口:一个月没吸烟了,没想到烟也能扛饿。

白修德后怕地:差点没命,没想到害我的不是战争和日本人,是灾民。

老东家:我想大哭一场。俺范家人老几辈,没偷过人。(又问白修德)俺逃荒是活该,你一外国人,来这儿图个啥呢?

白修德:我想把这里的真实情况,告诉你们的政府。

老东家马上站起来:原来在替我们做好事呀。那俺不该杀你的驴。等驴追回来,俺就还给你。

65.逃荒路上　深夜

瞎鹿和栓柱在找驴。但黑暗之中,驴早跑得看不见了。到了一岔路口,两人有些犹豫。

栓柱:你往东找,我往西找。

66.逃荒路上　黎明

黎明时分,瞎鹿找到了这头丢失的驴。但受伤的驴已经落到了山后另一帮逃荒的灾民手里。在一辆被日本飞机拦腰炸断的卡车旁，这帮灾民已经将驴杀掉，卸成几大块，用一口废弃的行军锅在炖肉。驴头和血淋淋的驴皮，就扔在锅边。锅里的水已经冒泡。

瞎鹿闻着香味找过来，指着正炖的肉说：我的驴。

一个疤癞眼灾民：别装了，你也是一逃荒的；有驴，眼也不会饿眍了。

瞎鹿：我抢的。

另一灾民：你能抢，俺不能抢？

双方争执起来。瞎鹿不管别的，伸手从锅里捞出几大块肉，虽然刚捞出的肉热得烫人，但还是牢牢抱在怀里。这帮灾民也急了，疤癞眼灾民一棒子下去，不小心打在瞎鹿头上，瞎鹿一头栽到了肉锅里。

看出了人命，这帮灾民倒愣住了。

67. 洛阳郊区天主教堂　夜

月牙偏西。

有人在拍教堂的门。

教堂内沉寂，无人理会。

锲而不舍的拍门声。

教堂内亮灯了。传出托马斯·梅甘的声音：谁呀？

拍门人答：神父，是我，安西满。

68. 教堂餐室　夜

餐桌上有一盆杂菜，几个馒头。安西满在大口小口吃饭。

托马斯·梅甘有些兴奋：小安，你没有辜负主的期望，跟着灾民，在逃荒路上传教，主的事业，一定会让你发扬光大。

安西满嚼着嘴里的饭菜：神父，我是个逃兵。我坐着溃兵的卡车，逃到了这里。

托马斯·梅甘一愣，接着明白了：那就在我这儿歇一阵，也不能为了传教，让你饿死在路上。

69. 教堂起居室　夜

安西满一脸冻疮，托马斯·梅甘往安西满脸上涂药膏。

安西满：神父，我来找你，就想问你一句话，这里发生的一切，主知道吗？

托马斯·梅甘点点头。

安西满：既然知道，他为什么不管？

托马斯·梅甘张张嘴，答不上来。

安西满又问：世上发生的一切，是不是都是主的旨意？

托马斯·梅甘又点点头。

安西满：那这里发生的一切，是不是也是主的旨意？如果是主的旨意，他什么意思？这里的老百姓，都是老实人，为什么要把他们饿死和炸死？

托马斯·梅甘：这不是上帝的旨意，这是魔鬼干的。

安西满：那上帝为什么总是斗不过魔鬼？如果斗不过魔鬼，信他有什么用？

这些惊心动魄的话，托马斯·梅甘越听越紧张。

安西满哭了：关键时候，主不见了，是灾民救了我一命。

托马斯·梅甘：小安，你累了。（又低声说）你不能怀疑上帝。

安西满扎到托马斯·梅甘怀里：神父，我也觉得，魔鬼钻进了我的身体。

托马斯·梅甘叹口气：待会儿，我就为你祈祷。

70. 逃荒路上　清晨

新的一天开始了。灾民们从宿营地收拾行李，推车挑担，重新上路。

老东家一家和花枝一家围在一起发愁。

栓柱：三天了，不能再等了。耽误路不说，再等，就饿死在这儿了。

花枝不干：那瞎鹿哪儿去了呢？

老东家：山前山后都找了，不见个人影。(对花枝)花枝呀，大爷说句难听的话，逃荒路上……

花枝突然爆发了，跳到老东家面前。

花枝：那天你们说去偷驴，驴没偷着，瞎鹿没了，你们得赔我。

老东家拍着巴掌：说起来这事儿怪我，那天不该偷那外国人。（叹息）可人不见了，咋个赔法呢？（又叹息）如在老家，我赔你三十亩地，现在前不着村后不着店，连我都快饿死了。

栓柱翻着白眼：逃荒路上，天天死人，有啥稀奇的。

花枝：别人死了还见个尸首，这瞎鹿活不见人，死不见尸，你们不能不管！（开始坐在地上撒泼大哭）瞎鹿，你死哪儿去了，人家欺负俺这孤儿寡母了呀。

留保和铃铛也跟着哭。

老东家嘬着牙花子，一筹莫展。

71. 重庆大街　日

高高低低的山城彩旗招展。街道两旁是手持美国国旗和中国国旗的成千上万的中国民众。民众都鸦雀无声，在听国民党中央宣传部一位中年处长讲话。

中年处长：一切看我的手势。喊口号不要提前，也不要落后，外宾车队距你一百五十米时再喊。大家听清楚了吗？

整个山城惊天动地地回应：听清楚了！

中年处长：现在来练习一下，看各单位、各学校、各工厂和各工商界练熟了没有。注意，车队过来了，距你一百五十米，（手势从头顶猛地落下）喊！

民众一起在喊：Welcome！

由于民众由各界别组成，鱼龙混杂，口号还是喊乱了。学校喊得清楚，小商小贩对外语不熟，就喊得含混不清和底气不足，甚至转成了别的意思。隆冬天气，中年处长急出一头汗，皱着眉对重庆市政府一位年轻处长说。

中年处长：还是喊乱了！不知你们重庆市是怎么组织的！

年轻处长有些气馁：要不就别喊外语了，还是喊"欢迎欢迎"吧！

中年处长生气地：这不是喊什么的问题，这是外交事故！

72. 美国驻华使馆　日

白修德急急忙忙往使馆闯，被一使馆人员拦住。

使馆人员：对不起，大使先生真的没时间。

美国大使高斯从二楼急匆匆下来，白修德喊。

白修德：高斯，我有事情，很紧急。

高斯：我的事情也很紧急，我要去机场，迎接我国的总统特使。

白修德:请给我五分钟时间。

73.美国使馆院子　日
吉姆轿车前,高斯已将车门拉开。

高斯:你说的故事,我听起来像天方夜谭。

白修德:如果我不是遇到几个中国军队的通信兵,现在已经饿死在中国灾民里了!

高斯:如果你把它发在《时代》周刊上,将是一个爆炸性新闻。

白修德:我想通过你,见到中国的高官,他们肯定还蒙在鼓里。

高斯耸耸肩:这可是中国的内政。

白修德:看在上帝的分儿上。

高斯钻进轿车,盯着白修德:看你差点死在河南的分儿上吧。

74.江北机场　日
一条红地毯铺向航道。

红地毯前站着一列中国政府高官。打头的是外交部部长宋子文和国民党中央宣传部部长张道藩。

他们身后是宏大的欢迎人群,手中拿着美国国旗和中国国旗。

张道藩:不是说在江心机场降落吗?怎么又临时改成江北机场了?

宋子文:江水有些上涨,委员长怕不安全。

看着身后等待欢呼的海洋,张道藩:一个总统特使,花三十万人夹道欢迎,从外交礼遇上讲,是不是有些过分?

宋子文:他可不是一般的总统特使,他是民主党下一届的总统候选人。也许再过两年,他就是美国总统了!(低声对张道藩)委员长也是深谋远虑。

美国大使高斯的汽车,匆匆忙忙驶进机场。

75. 江北机场　日
美国总统特使威尔基的专机停靠在红地毯前。

威尔基满面笑容走下专机。

机场上一片欢呼的海洋。

宋子文握住威尔基的手,用英语直接与他交谈:蒋委员长正在宜昌前线视察,三天后才能回来,委托我和张部长迎接特使。

威尔基:宋部长,上次在纽约的时候,你说要请我吃凤爪,直到今天我还不明白,凤凰你们是如何捉到的?

宋子文：中国是一个好客的民族，到了今天晚上的宴会上，你就知道了！

张道藩等人大笑。

众人走向停机坪一侧的车队。这时高斯跨前一步，悄声对宋子文说。

高斯：部长先生，能否耽误您一分钟时间？

宋子文停住脚步。

高斯：白修德从河南回来了，他想把河南的情况，告诉贵国政府……

76. 逃荒路上　日

老东家一家，栓柱，带着花枝和两个孩子，开始逆着逃荒人流往回走。老东家已经对逃荒彻底失望了，他要回头走到敌占区，走回老家。

战区巡回法庭的老马带着两个随从从灾民队伍旁经过。巡回法庭的马车被溃兵抢了，三个人背着枪，衣衫褴褛，神情也跟灾民差不多。看老东家往回走，老马吃了一惊。

老马：啥个意思，咋往回走哇？

老东家指指大肚子儿媳：老马耶，柴火都没得吃了，儿媳又快生了，（指指花枝）她男人也不见了，老的老小的小，这荒没法逃了，俺要回老家。

老马：仗打败了，你回去当亡国奴呀？

老东家：当亡国奴，也比饿死强啊，我已经不怕日本人了。

老马：你是不怕日本人，可我告你，延津已经让日本人炸平了，你回去也是饿死。

听说延津被炸平了，回去的路也被堵死了，老东家不禁一屁股坐到地上。他不甘地捶着胸口：我亏呀。

老马：你亏，我不亏？我当一伙夫多好，当这扫帚星庭长干吗？我给省政府主席做过饭，主席吃啥，我就吃啥。

栓柱听说老家被炸平了，恨着牙悄声说：我他妈才亏呢，我在老家藏的有宝贝！（又盯着星星，恨着牙）再往前走，就不能让我啥都得不着了！

老东家：那个外国人老白，是个骗子，他说到了重庆会救我们，他把我们给忘了。

77. 重庆　宋庆龄官邸　日

官邸院子中，安谧洁净。阳光透过一棵桂树，打在花园一侧的鱼池里。宋庆龄坐在藤椅上，接见《时代》周刊记者白修德。侍者在上咖啡。

宋庆龄：白修德先生，于右任院长的信我看到了——您是怎么见到于院长的？

白修德：夫人，河南的灾情确实非常严重。我想把那里的情况报告给政府，没想到这个过程这么艰难。没去河南之前，我见政府的官员还是容易的，这次我从河南回来，好像得了瘟疫；我见不到宋子文部长和张道藩部长，高斯大使说也没用；我通过美军的联络官，见到了军事委员会的商震将军，商将军不相信我的报告；又通过美国使馆的谢伟思，见到了四川省政府主席，主席告诉我河南不归他管；又通过四川省政府主席，见到了立法院的孙科院长，孙院长听了我的陈述之后，说只有蒋委员长说话，中国大地上才能见到行动；最后找到监察院于右任院长，他说非见到夫人，利用您的影响，才能见到委员长——夫人，这些天我觉得我像一只苍蝇！

白修德说累了，宋庆龄笑了。

宋庆龄：委员长刚从宜昌前线回来，长时间的军事视察，使他非常疲倦，贵国总统的特使又在重庆需要他应酬，但我会给他打电话。

白修德感激地：谢谢夫人。我要等多长时间？

宋庆龄：也许五天，也许十天，也许根本见不到。

白修德急了：夫人，河南正在一天天死人。我有一个朋友叫老范，也挺不了多长时间了。

宋庆龄优雅地用手止在嘴上：耐心，对于我们很重要。

白修德赌气：其实这事跟我没关系。我只等十天，十天后我就回美国。

宋庆龄：那你河南就白去了。

78. 逃荒路上　夜

一轮明月，挂在天上。灾民在露宿。

栓柱把星星带到一座土窑里，从怀里掏出一块上次抢白修德的饼干。

栓柱：想吃吗？

星星看到饼干，眼里露出饥渴的光，点点头。栓柱递给星星。星星像狼一样抓过来就吃。

栓柱：还想吃吗？

星星又点点头。

栓柱：把那男学生的照片给我。

星星想都没想，从书包里掏出书，从书里拿出照片，递给栓柱。

栓柱将照片塞到嘴里嚼了嚼，"噗"地又吐出来：不当吃。

栓柱指指自己的脸：亲我一口。

星星想了想，亲了栓柱一口。栓柱趁势抱住星星，要解星星的衣服。

星星：等灾过去。

栓柱：等不及了。

星星急了，扬手打了栓柱一耳光，挣脱跑了。

79.土窑　夜

栓柱和星星的交易被悄悄跟来的花枝发现了。星星走后，花枝进了窑洞。

花枝：没弄成吧？我告你，人一喝墨水，就是条喂不熟的狼。

栓柱有些臊眉耷眼，抹着脸想走，被花枝一把拉住，逼到窑壁上。

花枝：给我饼干，我跟你睡。

边说边解自己的衣服，把栓柱给吓住了。

栓柱：没了，身上没了。

挣着身要走。

花枝发疯一样在栓柱身上乱摸，愤怒地：给我，你和老东家把瞎鹿害死了，你们得赔我。

两人扭巴到一起。花枝终于把栓柱身上最后两块饼干搜了出来。

花枝：一条命，值两块饼干。

花枝走后，栓柱的身子顺着窑壁出溜下来，后悔地扇了自己一巴掌。

栓柱：我他妈傻，都快饿死了，我图个啥呢？

80.逃荒路上　黄河边　日

逃荒队伍走到了黄河边。

几件破衣烂衫，搭成一个屏障，老东家的儿媳在生孩子。屏障里传出老东家儿媳长一声短一声的吼叫，由于体弱，吼叫显得有气无力。地主婆和花枝在屏障内忙活。

花枝（从屏障内传出的声音）：用劲儿，用劲儿，已经露头了。

地主儿媳（声音）：我要死了，再没有劲了，生不出来了。

老东家拄着一根棍子，在屏障外焦急地等候：老天保佑，俺老范家几辈单传，让俺留下这个种吧。

星星在烧一锅冒着水泡的热水，旁边卧着她的已骨瘦如柴也有气无力的狸猫。狸猫已饿得睁不开眼睛。

"哇"的一声婴儿啼哭，破衣烂衫中，孩子生下来了。地主婆满手血污地出来舀热水，老东家急切地看着她。

地主婆：是个男孩，虽然不足月，活了。

老东家长出一口气：祖宗保佑——他爹死了，怕是个转生啊。

花枝从屏障内出来：赶紧给孩子起个名儿吧，有个名儿叫着，就好活了。

老东家：图个吉利，叫留成吧。（又说）留成呀留成，本来你该当少爷，没想到生下来就得逃荒。

屏障内传出儿媳的呻吟声：把他掐死吧，逃荒路上，我身上一点奶都没有，养不活他。

孩子不哭了。

老东家着急地：孩他娘，可别掐死。等到了洛阳，我把身上的皮袄卖了，给你熬个热汤。

儿媳（声音）：现在就熬吧，我已经快没气了。

81. 逃荒路上　日

"哇"的一声惨叫。栓柱用杀猪刀宰了星星的狸猫。瘦骨嶙峋的猫，血倒喷涌而出。

老东家：没想到生一个孩子，要喝猫汤。（对星星）对不住闺女，猫带了一路，现在把它杀了。

谁知星星看到这惨相，一点不心疼。她从书包里掏出自己的书，一张张扯下，扔到锅下的火里。接着说出石破天惊的话：爹，我也想喝猫汤。

82. 重庆　国防委员会走廊　日

白修德由陈布雷陪同，走向蒋介石的办公室。

陈布雷：委员长接着还要到机场欢送贵国总统特使，只能给你十五分钟。

白修德有些紧张地点点头。

长长的走廊像迷宫一样曲折，他们穿行其中。

83. 蒋介石办公室　日

宽大的办公桌后，蒋介石在批阅文件。

他的机要秘书把一个报告放到他面前。

机要秘书：这是我们搞到的，史迪威写给罗斯福总统的报告，要求追查豫北会战的责任。何部长建议，在罗斯福看到这份报告之前，先把蒋鼎文将军的司令长官给撤掉。

蒋介石没有说话。

84. 国防委员会走廊　日

转过几道弯，陈布雷和白修德来到蒋介石办公室门口。门两侧，站着两个穿中山装的便衣。他们冲陈布雷温和地点头，无声地将门拉开。

85. 蒋介石办公室　日

见陈布雷和白修德进来，机要秘书退去，蒋介石站起身将手伸过桌子，与白修德握了握。

蒋介石：白修德先生，我听说过你。

白修德感激地点点头，坐在旁侧的椅子上：尊敬的委员长，我想向您报告的是，河南三千万人遇到了吃的问题，逃荒的灾民正在一天天饿死。

蒋介石没有说话。

白修德：很明显，政府并不了解那里的情况，因为政府没有向这些灾民提供任何帮助。一些官员向我解释那里正在发生战争，可从目前看，日本人并没有向河南发动进攻。

蒋介石站起身，来回踱步：白修德先生，我也向灾区派有调查员，他们向我报告的情形，和你说的并不一致。河南灾情有，但不会这么严重。

白修德急了：委员长，我听说灾区发生过人吃人的情况。

蒋介石浑身一哆嗦：白修德先生，人吃人的事在中国是不可能发生的。

白修德争执：我亲眼看到狗吃人！

蒋介石：这是不可能的！

白修德马上把自己的皮包拉开，从皮包里掏出一大摞照片，摊在了蒋介石的办公桌上。照片上有各种各样灾民的面孔、姿势和逃荒的情形，锅里煮的各种吃食。还有几张照片清楚地表明，一些野狗正在乱坟岗上刨着。狗的一侧，是一轮将要落下的夕阳。

蒋的脸上出现一阵神经性的痉挛,两膝轻微地哆嗦起来。他被一个外国记者逼到了墙角。出于战略考虑,他的态度马上来了一个一百八十度的大转弯。

蒋介石:白修德先生,看来你比政府派出去的任何调查员都要称职,这些情况我以前确实不知道。如果河南灾情这么严重,政府绝不会坐视不管,尽管在战时救灾有一定困难。(向陈布雷)明天安排专门的救灾会议!

陈布雷边在记事簿上记着边答:是。

蒋介石向白修德:另外,请你再向我提供一份完备的报告。也请你向陈布雷先生提供那些瞒灾不报和治灾不力的河南官员的名字,政府将对他们严惩不贷!

接着向白修德伸出手握手送别。

86. 蒋介石办公室

蒋介石坐到椅子上,半天没说话。

陈布雷:这些外国人,就爱自以为是。

蒋介石踱到窗前,叹息一声:他们只知道我们应该干什么,不知道我们干不了什么。

正在这时,窗外响起了空袭警报。一群侍卫闯了进来。

为首的侍卫:日本飞机来了,请委员长到防空洞躲避。

蒋介石没动,看着窗外:他们都没有日本人聪明。日本人看透了中国，才敢如此嚣张。

87. 重庆街头　日
日军轰炸机像蝗虫一样飞临重庆上空。
一批批炸弹次第落下。
重庆马上成了火海。

88. 重庆街头　日
沿江两岸已被炸成残垣断壁。残垣断壁上还在冒着火苗和浓烟。

一队童子军穿着整齐的军服，打着手鼓，吹着长号，踏着鼓点从远处走来。步伐整齐，号声嘹亮。领头的童子军仍是那个瘦弱的小女孩，孙放吾烈士的女儿，她挥动着仪仗，威严肃穆。

街道两侧，仍是人山人海。人们手中挥着美国国旗和中国国旗，嘴里喊着："欢送欢送，热烈欢送"！

童子军之后，是一溜长长的车队。首先是宪兵的先导车。接着是美国总统特使威尔基的座车。威尔基看着废墟和浓烟中的民众，有些感动，他伸出手臂，向民众招手。之后是蒋介石的座车。之后是中国外交部长等高官的座车。

89. 蒋介石座车内　日

陈布雷在向蒋汇报最新情况。

陈布雷：事情比想到的还麻烦，我驻美使馆刚刚打来电报，《时代》周刊已经将白修德写河南灾区的文章登了出来。

蒋介石一惊：问一下张道藩，这样的稿子怎么会发出去？

陈布雷：我已经和张部长通了电话，审查处没有接到这样的稿子。他们调查了一下，白修德是在洛阳通过商业电台发出去的。

蒋介石发怒：查一查是哪一个电报局，把电报局长给我枪毙！

陈布雷：要把发往我国的《时代》周刊都收缴了吗？

蒋介石看着窗外问：日本方面，陈立夫怎么说？

陈布雷：军统得到的情报，日本人近期不会进攻河南，他们正在秘密往太平洋战场抽调兵力。

蒋介石：李培基呢？

陈布雷：他接连又上了五份报告，呼吁政府免除征实和紧急救灾。

蒋介石：多买《时代》周刊，让外交部翻成中文，每个部长和省长都发上一份。

陈布雷不解地：这……

蒋介石：日本人不来，我们就要救灾，不然让全世界怎么看？我们不成了一个置民众于水火而不顾的腐败政府了吗？打仗，救灾，既然各省各自为政，现在让他们看一看。（想想又说）把李培基的几次报告也附在后面。

陈布雷明白了蒋介石的意思，往纸簿上飞快地记着：是。

蒋介石：通知阎锡山，暂缓进行山西战役，把一部分运往山西的军粮改运灾区。

陈布雷往纸簿上记着：是。

蒋介石：告诉张道藩，号召全国为灾民募捐。另外，通知王芸生，看这次《大公报》怎么说。

陈布雷飞速记下：是。还有，我建议到了机场，能把救灾的决定告诉威尔基，说不定他在华盛顿一下飞机，就能看到《时代》周刊，接着他就会见到罗斯福总统。

蒋介石望着窗外废墟和浓烟中的人群：在这个世界上，我最羡慕两个人，一个是甘地，一个是毛泽东。

陈布雷看蒋介石。

蒋介石叹口气：他们身上没有负担，他们尽可以与民众站在一起。

90.陇海铁路　日

一列列装满粮食的火车，从陕西向河南开去。

每一个麻袋上都打着红戳：赈灾。

列车上架着防空高射炮。

长长的列车"嗷嗷"叫着,钻进山洞。

91. 山洞

在山洞的黑暗中,在火车轮子轧着铁道的"喊咔喊咔"的声音中,有电报一个字一个字打出来。

尊敬的白修德先生:

我十分高兴地告诉你,今天早晨我突然发现陇海路上出现了几列车粮食。我想这与你的访问和对他们的责备是分不开的。你使中国政府惊醒过来,开始履行自己的职责。虽然你已经返回美国,但在河南,老百姓将永远把你铭记在心。

意大利天主教神父　托马斯·梅甘
一九四三年一月于河南

92. 陇海铁路边　日

山坡上,站着托马斯·梅甘,他身边站着安西满。

托马斯·梅甘指着陇海路上的火车说:看,上帝已经让他们拯救这里的子民。

安西满却摇头:你刚才打电报,还说是白修德的功劳,白修德不是上帝。

托马斯·梅甘叹口气，看安西满：小安，灾民有救了，你没救了。（又叹口气）活人有救了，遍地都是死人，无人掩埋，我们也得替他们想想办法。

93.逃荒路上　日

一个灾民中医正在给老东家的儿媳把脉。儿媳奄奄一息，躺在稻草上，身上盖着一条破被子。老东家感激地对中医说。

老东家：老周哇，今天遇到你，算是遇到救星了。没想到几辈单传的世家中医，也出来逃荒了。儿媳自生了孩子，十来天就是这个样子，你好歹配服土药救她一命吧，救一个人就是救两个人。

中医不苟言笑，对老东家的话没有回答。品了半天脉，才拍拍手慢条斯理地说：生孩子时失血过多，又受了风寒。（悄声对老东家）老东家，说句不怕得罪你的话，逃荒路上，脉息已经很弱了。

站起身就要走。

老东家：老周，你不能不管呀，把病看好，等逃荒回去，我给你十亩地。

中医：老东家，这病也好治，就是给她些吃的。不瞒你说，俺娘俺孙子，这两天也都饿死在路上。我走路也已经打飘了。

老东家愣愣地站在那里，看着中医蹒跚远去。老东家的儿媳脑袋一歪，死去。孩子开始"哇哇"大哭。

老东家：是个好儿媳，自嫁到范家，没跟老人顶过嘴——只是跟我死在路上，我对不住亲家。

地主婆抱着"哇哇"哭的孩子，上前就去解儿媳的怀。老东家吃了一惊。

老东家：你干吗？

地主婆：趁她身子还热，让孩子再吃一口奶吧。

老东家：老天，她五天没吃东西了，身子瘦成了一把柴火，哪里还有奶呀！——赶紧让栓柱挖个坑把她埋了吧。

94. 火车站　日

一列满载赈灾物资的火车停靠在站台上。

一袋袋粮食被装卸工扛下火车，装到停在站台上的卡车上和一辆辆马车上。

卡车和马车一辆辆驶出车站。

火车站周边的铁丝网外，挤满了嗷嗷待哺的灾民。

火车站内外站满了实枪荷弹的警察，如临大敌。

95. 河南鲁山　省政府会议室　日

河南省政府主席李培基正在召集赈灾会议。参加者有省政府秘书长马国琳，民政厅厅长方策，建设厅厅长张广舆，教育厅厅长鲁荡平，警察署署长罗震等十几位官员。

李培基：经过省政府广泛急切地呼吁，中央政府已开始对河南救灾，从本月起，中央政府陆续从军粮储备中拨出八千万斤粮食给我们。

马国琳：这都是李主席念民众于水火，不怕丢官，冒死诤谏换来的——亲自赴重庆不说，还一连上了六道折子。河南人民世世代代，将铭记李主席的恩情。

李培基向马国琳摆摆手：还是研究赈粮的发放问题吧。

民政厅长方策是个大胖子，打量四周：开赈灾会议，粮政厅长、财政厅长都不在场，不妥吧？

马国琳：粮政厅老卢，财政厅老彭，到洛阳视察灾情去了，救灾刻不容缓，就不等了。

方策嘟囔：弄了半天，才八千万斤呀？去年鄂西受灾，政府拨给他们二万万斤。河南人就这么好欺负？八千万斤够干啥？河南有三千万人，每人才划二斤半，够吃三天！三天以后咋办？

李培基：给你八千万斤，就比要走八千万斤要好嘛。给过八千万，我们接着再要。八千万也能解燃眉之急，说不定就能少饿死几十万人。今天开会，主要是划分一下灾区。

方策不以为然：灾区还用划分？整个河南都是灾区。

马国琳：正因为僧多粥少，才不能撒胡椒面，才要突出重点。

建设厅厅长张广舆是一个麻秆一样的瘦子：我同意突出重点。但过去一遭灾，我们就把重点划在了乡村，忽略了城市，最后乱子恰恰出在城市。不是城市这块归我管，我才这么说，而是上回黄河发大水，市民砸了省政府，是有教训的。

教育厅厅长鲁荡平白了张广舆一眼：突出重点，也不能单一地以区域划分，也该照顾一下行业；不是我主管教育，我才这么说，而是教育救国，一直是委员长提倡的。如果我们只顾灾民，不考虑特殊群体，把老师和学生都饿死了，我们就没有未来。

警察署署长罗震：要说重点，我身为警察署署长，一定得替十几万担惊受怕的警察说几句话，因为他们一直在重点上忙活；哪里有乱子，哪里就有他们。我斗胆说一句，如果不是十几万警察忍饥挨饿还在维持社会治安，河南早已出了洪秀全和李自成，我们现在在哪儿待着还得两说。

李培基拍了一下桌子，震怒：政府不救灾，你们每天长吁短叹；现在要救灾了，你们倒在这里打起来了。早知这样，这八千万斤粮食我就不要了——现在打一个电报退回中央还来得及！

这时秘书长马国琳站起来打圆场：各部门都在强调各自

的困难，说的也都有各自的道理。至于哪些人是灾民，哪些人不是灾民，我们可以再研究。我想强调的是，灾粮的发放，决不能各自为政，还是要在省政府的统一领导下进行。

众人面面相觑。民政厅厅长方策又放了一炮。

民政厅厅长方策：既然是这样，那还召集我们开会干啥？你们两个私下定了不就完了？

李培基又要发怒，这时一个秘书匆匆走进会议室，把一封电报交给李培基。李培基看完电报，狠狠瞪了众人一眼，接着把电报递给了马国琳。马国琳边接电报便急切地问。

马国琳：又出什么岔子了？中央又要收回成命吗？

李培基：看你们再吵！——中央倒没收回成命，蒋鼎文抄了我们的后路，我们不是欠他三千万斤军粮吗？他把粮政厅老卢、财政厅老彭，扣在了洛阳，让我们拿粮食去换人。你们口才好，谁去见蒋鼎文？

众人面面相觑。

96. 逃荒路上　日

逃荒路旁，搭起一个草棚子。草棚子前，支着一口大锅。灶下烈火熊熊。

安西满系着围裙，用一个大铲子，在搅和锅里的粥。

草棚子四周，挤满了逃荒的灾民。老东家一家、栓柱、花枝带着两个孩子,也拥挤其中。

托马斯·梅甘站在一张桌子上,正给灾民讲话。

托马斯·梅甘:大家不要挤,每人都有份。但是,野地里都是死人,埋一个死人,领一碗粥。不然,过了冬天,就会有瘟疫。

灾民顾不上听托马斯·梅甘讲话,都往前拥。托马斯·梅甘脚下的桌子,被挤得乱晃。托马斯·梅甘有些慌乱,又喊。

托马斯·梅甘:那你们把自己的亲人埋了好吗?

灾民仍往前挤,托马斯·梅甘的桌子被挤翻了。众人拥到大锅前抢粥。栓柱、花枝等人,也在跟人抢。

草棚子被"呼啦"挤塌了。托马斯·梅甘被挤到人群外。在大锅前熬粥的安西满也被挤到了棚子后边。

老东家没跟大家一块儿抢粥,而是把孙子抱在怀里,挤过人群,在棚子后边找到安西满。

老东家:小安,没想到在这里又见到你。

安西满看着拥挤的人群,神情有些紧张。

老东家:上回日本人丢炸弹的时候,俺们救过你,这回你也救救俺吧。

安西满神经已经有些不正常,痴痴地看着老东家。老东家将怀里的孩子,交到安西满手上。

老东家:这孩子刚生下来,娘就死了。我能往前走,他没法往前走了。(又啰唆)儿子死了,就剩下这一条根了。(又啰唆)放别人那儿我不放心,放你这儿我放心,主是救人的,你有吃的,他就死不了。(又啰唆)不会赖住你,短则半年,长则一年,等我老汉有落脚处,就回来接他。(又啰唆)你在教堂,我也好找。(又说)你只要帮我这个忙,从今儿起,我就跟着你信教。

安西满痴痴地看着怀里的孩子,眼中流出了泪。

97. 逃荒路上　日

拥挤的人群外,安西满带着老东家,要把孩子交给托马斯·梅甘。托马斯·梅甘却没接这孩子。托马斯·梅甘指着疯狂抢粥的人群。

托马斯·梅甘:不敢开这个头。收一个孩子,就会有一千个人来送孩子。(用手比画)中国这么大,我这么小。(又安慰老东家)中国政府已经救灾了,你们马上就会得到救济。

98. 逃荒路上　日

李培基和马国琳乘坐一辆大卡车顺着灾民队伍去洛阳会见第一战区司令长官蒋鼎文。卡车上拉着几个大箱子。大箱子上坐着几个扛枪的警察。

驾驶室里。

李培基：蒋鼎文去前线时我求蒋鼎文，蒋鼎文撤退了我还求蒋鼎文——谁是灾民，我才是灾民呢！

马国琳：我有个同学在军政部，据他说，豫北会战根本就没有打起来，咱们撤退是有意的，这叫啥事呢？

李培基：大灾之年，我们给蒋鼎文送这么大的礼，合适吗？

马国琳：蒋鼎文吃这一套——送三百万斤粮食的礼，能换回人质不说，说不定那三千万斤军粮，还能豁免呢，对河南人民，也是善莫大焉。（低声）我换金条的时候，索性换了六百万斤。

李培基一愣：胡闹！——事先怎么不跟我商量商量？

马国琳：省政府开会你还没看出来吗？你就是把粮食全部归口发放，也没人说你好，反倒会惹出新的麻烦！

李培基：这个老方，一开会就放炮，不知是什么意思？

马国琳：他民政厅厅长当了多年，你来之前，行政院本来内定他当主席，后来委员长改了主意。

李培基：我可以马上向委员长辞职，让他来当嘛！让他去求蒋鼎文好了！

马国琳：教育厅老鲁，在舞阳开的还有烟厂哪！六百万斤换得也不多，接着再向中央要粮食，你就不到重庆走动了？

李培基望着窗外的灾民：这个官场我待不下去了，我应该解甲归田。洛阳离这儿还有多远？

马国琳意味深长地：如果我们解甲归田，说不定就真成灾民了。（看了看窗外）再有一百五十里就到了。

99. 洛阳城门　日
两个大字：洛阳。镜头拉开，是洛阳城门。

扶老携幼的灾民队伍终于来到洛阳，但他们吃惊地发现，洛阳城门及城墙沿线密密麻麻布满了宪兵。一只一九四二年的高音喇叭在城门上广播。

广播声格外庄严：现在广播第一战区政治部和洛阳市政府联合公告：为了抗战大业，为了军备防务，为了严防奸细和整顿市容，非洛阳市民一律不准入城。有擅自违反者将按国民政府战时城市管理条例第九条第三款之规定严惩不贷……

灾民想往城里涌，宪兵往外推搡。场面混乱。混乱的人头和尘土之中，就有老东家一家，栓柱，花枝和两个孩子。老东家怀里抱着孙子。各种各样拥挤中已经变形的灾民的脸。拥挤之中，他们还在大呼小叫和寻子觅爷。

"嘎嘎嘎"，一阵对天的机关枪声。灾民混乱地四处逃窜。

老东家没有跑，抓住一个守城的老警察不解地问：公家不是救灾了吗，怎么没见着一粒粮食？我老汉吃了几十天柴火，脸是麻的。

老警察：政府划定的灾区是豫北和豫南，你现在到了洛阳，就不算灾民了。

老东家：那我怎么才能成为灾民呢？

老警察：你是哪儿人呀？

老东家：延津。

老警察：延津倒属豫北，你再花俩月，回头走回老家。

地主婆闻听此言，精神一下崩溃了：这荒白逃了。

头一歪，嘴吐酸水，就被饿死了。

老东家倒没伤心：死吧，死了就不受了，早死早托生。（心酸地）再托生，可别托生在这个地方了。

100. 苇子坑　日

苇子坑是洛阳城郊一个庞大的臭水坑。臭水坑旁边，过去是一个乱坟岗，现在成了灾民聚集地。由于水臭地肥，坑中和坑沿长满了密密麻麻高大的芦苇。冬天的芦苇已经干枯，但仍显得很有气势。

臭坑和芦苇之前，一拉溜排了几百名妇女，鸦雀无声地等待出卖。一个戴礼帽的人贩子，在妇女队伍前巡回查看。第一战区第九巡回法庭的老马，跟在人贩子身边，两个随从背着两杆破枪跟在老马身后——但都已面目憔悴，和灾民没有什么区别。

老马：想不到我一战区巡回法庭的庭长，现在要帮着卖人了。

人贩子：老马你别这么说，我这也是响应政府号召救灾呢——你给我集合了这么多妇女，我只能从中间挑十个！

老马：你救灾，你救灾，那就多挑几个，给她们个活命。

老东家一家，栓柱，花枝和两个孩子也被赶到了苇子坑，坐在坑边。

人贩子站在高坡上：大家听着，我是洛阳战区被服厂的经理，挑上谁，管吃管住，给家里五升小米。

闻听此言，排队的妇女踊跃向前挤，旁边的灾民也希望自己的亲人能被挑上。卖人也有着激烈的竞争，场面一片混乱。这时星星从坑边站起来。

星星：爹，把我卖了吧。

老东家吃了一惊：闺女，要死死在一块儿，范家从来都是买人，哪里卖过人呢？

星星爆发：爹，我实在受不了了，家里连柴火都没得吃了，你让我逃个活命吧。

花枝闻言，也急忙翻自己家的破烂，在破烂中翻出从老家带来的红嫁衣，穿到身上。接着拉起两个孩子，跑上几步，站到卖人的队伍中。

101. 卖人队伍前　日

人贩子在妇女队伍前走走停停，甚至掰开牙口看——每一个被看的妇女都胆战心惊。

人贩子逐渐从行列中拉出五六个妇女。星星和花枝后来，排在队伍后半截，这时就有些着急。灾民中的老东家也忘记了是卖亲人而只担心市场竞争急得嘬牙花子。这时花枝的大红袄起了作用，由于抢眼，人贩子越过一些妇女径直来到花枝面前。花枝急忙用唾沫洗脸。虽然已蓬头垢面，但还风韵犹存。人贩子将她拉了出来。这时发现她身后还有两个孩子，拉着她的衣襟。人贩子看着留保和铃铛。

人贩子：啥个意思？

花枝：买一大的，捎带俩小的，大哥你划算。

人贩子啼笑皆非：我买的是一张嘴，不是三张嘴，你把我当傻子了？

一把将花枝推了回去。人贩子又走到星星面前。星星打战。人贩子扫了星星一眼，走了过去。星星和灾民中的老东家同时失望。这时星星摘下头巾，露出大辫子和面容说。

星星：我念过书。

人贩子吃了一惊，回过头重新打量星星——这时发现了星星的漂亮和与众不同，将星星拉出行列。星星看了花枝一眼，又把头巾扎上。老东家也一脸惊喜。

老东家：祖宗保佑，祖宗保佑。（但突然又明白过来，不禁悲从中来，扇了自己一巴掌）我不是人！

102.苇子坑　日

人贩子嘴里叼着一支烟，将挑上的妇女带走。老马和两个随从，开始给这些妇女的家属量小米。这时星星扭头说。

星星：爹，今天是年三十。

老东家恍然大悟，拍了一下自己的脑袋：我倒给饿忘了——没想到我老范家年三十卖闺女！

星星：爹，爹，以后别想我，就当我十七年前生下来时，你就把我掐死了。

老东家怀抱孙子不禁老泪纵横：闺女，本来不该卖你而该卖我呀，可我一把老骨头，想卖没人买呀。（又跺着脚愤怒）当初我不该让你来逃荒，应该让你去前线，让你去打仗，让你去杀人！

人贩子带着妇女往前走，这时发现栓柱一直跟在星星旁边。人贩子上去推栓柱：你啥个意思？

栓柱：她是我妹，买她，就得买我。

人贩子兜头抽了他一耳光：去你妈的，他就是你媳妇，现在也归我了。

栓柱上去就要跟人贩子打架，老马跑过来维持秩序，拦住栓柱。

老马：又是你，再捣乱，我还绑你。

栓柱看着老马和随从身上的枪，不敢对老马发火，转头拾起一块石头，要砸老东家：你说过，让她跟我。

老东家：龟孙不想让她跟你，可她跟了你，也得饿死。

栓柱将石头摔到地上：我想杀人！

花枝这时上前：栓柱，我跟你。让你饿死之前，有个媳妇。

接着解开怀，抱住了栓柱的头。栓柱刚才还眼睛血红，从花枝怀里仰起头，眼里涌满了泪。

103. 一军用仓库内　日

一麻袋一麻袋的粮食堆积如山。还有士兵推着推车，往仓库里运粮食。第一战区军需官董家耀身着上校军服，和不法商人罗武在仓库里踱步。

董家耀：这个李培基太无能，中央拨粮救灾，谁知让他搞得一塌糊涂！

罗武：他眼瞎了吧？灾民逃到了豫西，他把救济圈划到了豫北和豫南。

董家耀：他眼不瞎，这里离陕西近，他不是想把包袱甩给陕西吗？可陕西老熊就是傻子吗？

罗武：好在河南人老实，这中间的曲里拐弯，他们根本就不知道——不知道也好，死得安生。

董家耀指指堆积如山的粮食：所以，我们司令长官念民众于水火，决定拨出来一部分军粮，低价售给灾民，以解苍生于倒悬——我把这么重的担子交给你，你可要三思而行啊！国难当头，不准搞投机倒把。

罗武拍着胸脯：请军需官放心，我罗武虽是一个商人，但比堂堂的政府官员还有良心。（低声）我建议老兄那份，还是直接买成地吧。现在一亩地五升小米，等大灾过去你再抛出，不就……

董家耀止住罗武：这些生意经我也不懂，你看着办吧。

104.洛阳城内　马家菜园　夜

几条街皆是妓院。灯火辉煌。笙歌阵阵。人来人往。有妖艳的妓女在街头拉客。

一大红灯笼上写着：畅春书寓。

董家耀身着便服，已经喝醉了，被罗武和另一个人架进了畅春书寓。

罗武：今儿这里又新来几个雏儿，我挑了一个最好的，孝敬军需官。

董家耀嘴里磕磕绊绊：我还不知道，都是些灾民。（挥着胳膊）大灾之年，还干这个，过分啊！

罗武：那就当是可怜灾民，给她们以救济。

105.畅春书寓房间 夜

红灯高挂，帷幕低垂。床帷子上绣着春宫图。第一战区上校军需官董家耀醉眼蒙眬地歪在床上。

星星换了一身装束，胆怯地进来。但新换的装束，加上那根绑着红头绳的大辫子，使她特有的美丽展露无遗。

董家耀醉眼蒙眬地：哪儿人呀？

星星压住心跳：延津。

董家耀在炕上一转身，看到了星星的正面，大吃一惊。他没想到灾民之中，还藏着这么美丽的少女——一个鲤鱼打挺坐了起来，酒马上醒了，上去抚摸星星的大辫子，和蔼地：多大了？

星星：十七。

董家耀：十七好，十七好。（指指屋里的摆设）没见过这阵仗吧？

星星：过去俺家也是财主。

董家耀吃了一惊：连财主都出来逃荒了？真是灾大呀。上过学吗？

星星：上过中学。

董家耀：有男朋友吗？

星星点点头。

董家耀：叫什么？

星星：栓柱。

董家耀：你说今儿晚上怎么办吧？

星星：俺爹上炕的时候，都是先洗脚。

董家耀哭笑不得：好，那你就给我洗脚吧。

董家耀又躺下，将脚伸到床下。星星将脚盆倾上热水端来。试了几次，都没有放下脚盆。

董家耀又起身：怎么了？嫌我脚脏？我没有脚气。

星星这时眼泪夺眶而出：叔儿，我不嫌你脚脏，我吃得太饱，蹲不下。

106. 洛阳城墙脚下　夜

过年了，"噼里啪啦"的鞭炮声，从洛阳城里传来。

老东家在主持另一对人的结合——栓柱和花枝的婚礼。

老东家：苍天无眼，上路以来，咱两家丢了好几口人，大家都失魂落魄的，你俩合在一块也好，相互有个照应。（又说）你们都没了爹娘，就趁着别人过年的鞭炮，拜拜天地和自己吧。

栓柱和花枝拜天地。

107. 洛阳城墙脚下　夜

在几个破单子围起的屏障中，栓柱和花枝度过了新婚之夜。

栓柱抱着花枝忙活半天，却办不成事。

花枝：知道你饿。你从上到下摸摸我吧。

栓柱从上到下，摸遍了花枝的全身。

花枝：知道我为啥嫁你吗？

栓柱是个老实人：老东家不是说了，相互有个照应。

花枝：你有了老婆，明天就可以卖老婆了。

栓柱愣在那里：我有了老婆才一天，我可不卖。

花枝：卖吧，卖了我，能得几升粮食，我能活，你们也能活。带着孩子不好卖，现在让孩子有个爹，我也就放心了。

栓柱愣在那里。

108. 洛阳城墙脚下　夜

老东家抱着孙子，带着留保和铃铛，露宿在城墙脚下。寒风"呼呼"地吹。他们点了一堆火御寒。老东家用卖女儿换来的小米熬了一点米汤，在笨手笨脚地喂孩子。孩子有些发烧，痛苦地咳嗽着，哭着挣扎着不吃。

老东家：祖宗，这是卖人的米，你多少吃点。

没想到孩子不哭了，两眼看着老东家，开始张开嘴喝米汤。老东家喂着孙子,泪流满面。

老东家:天爷,你显灵了。

孩子吃饱了,在老东家怀里睡着了。老东家端起剩下的米汤,开始往嘴里送。这时发现留保和铃铛眼巴巴地看着他。老东家叹息一声,把碗推给留保和铃铛,两个孩子抢过碗就吃。

109. 洛阳城墙脚下　夜

火堆已成了灰烬。老东家抱着孙子,旁边是留保和铃铛,大家都睡着了。

栓柱领着两个人贩子来到他们跟前,指指留保和铃铛:就是他俩。

人贩子一当时就急了:你只说卖人,可没说是孩子。

栓柱:孩子他也会长大。

人贩子二:我们买一群孩子养着,我们就该饿死了。他娘呢,饿死了?

栓柱摇摇头,指指旁边用布单子搭起的屏障,悄声说:没死,睡着呢。

人贩子一:卖她呀,一个月前有卖孩子的,现在轮着卖大人了。

栓柱摇头:就是为了不卖老婆,我才卖孩子呢。

两个人贩子转身就走。栓柱一把拉住：我价儿低呀，两个孩子，三升小米。

两个人贩子站住，重新打量留保和铃铛，又凑在一起耳语。

人贩子一：看你也是饿得不轻，我们试着帮帮你，一升半。

栓柱讨价还价：两升。

人贩子二：那就算了，说不定这一升半小米，也得砸到俺哥儿俩手里。

转身要走。栓柱跺了一下脚：一升半就一升半，抱走！

两个人贩子上去抱两个孩子。谁知这时花枝醒了，从布单子里钻出来，一头将栓柱给顶倒了。

花枝：王八蛋，看你老实，我才嫁给你；谁知刚嫁给你，你就背着我卖孩子！

一下扑到栓柱身上，将栓柱抓得满脸花。

110. 苇子坑　日

人市上，花枝和老东家共同张罗着卖花枝。栓柱满脸花，在一旁蹲着。花枝穿着大红袄，脸洗得格外干净。人市上生意十分热闹。一个五十多岁的秃子，在扳着花枝的脸看。

秃子：三升小米。

老东家：笑话，昨天有人出五升，我都没卖。

秃子：她是你啥人呀？

老东家叹息一声：说来没脸，闺女。

秃子：你闺女要是十六，能卖五升，你没看她多大了？

秃子转身就走。花枝一把拉住他。

花枝：你买了我，还要把我卖到哪儿去？

秃子打量花枝：我不是人贩子，我是个牛贩子，也是顺便帮你们一忙，你要对我好，说不定我就不卖你了，把你留下当老婆。

花枝果断地：四升小米，我跟你走了！

111. 苇子坑　日

花枝就要被秃头牛贩子领走。这时留保和铃铛醒过闷儿来，上去拉娘的衣襟哭。

留保、铃铛：娘，别走，俺不饿。

花枝抚着两个孩子的头：你爹没了，我得让你们活下去。四升小米，能让你们再活半个月，说不定你们扒上火车，就到了陕西。（从怀里将祖宗牌位掏出，插到留保怀里）记着老家是延津。

栓柱抱着头，蹲在地上一言不发。

112. 苇子坑　日

花枝被秃头牛贩子领着走远。突然她又想起什么，扭头喊。

花枝：栓柱，你来。

栓柱从地上站起，走了过去。

花枝：卖了我，就是饿死，也别卖孩子了。

栓柱花着的脸满脸是泪，用劲点点头。

花枝：我的棉裤圆囤一些，咱俩脱下换一下吧。

夫妻俩在寒风中换裤子。光天化日之下，露出瘦骨嶙峋的屁股。

113. 西安城北门　日

西安部分街道实行戒严。宪兵和地方警察混插着站满了街道。

几辆轿车快速通过北门城门楼子。

114. 西安冰窖巷　张钫寓所　日

蒋介石身着便装——长袍马褂，戴着礼帽，手持文明棍，由国民党宣传部部长张道藩、第一战区司令长官蒋鼎文等陪同，探访军事参议院副议长、实业家张钫。蒋介石和张钫是保定军校时的同学。

张钫：委员长日理万机，到西安视察军务，还抽时间光临寒舍,令张钫感激不及。

蒋介石:我不是来看你,是来看伯母。

张钫感激地:请。

115.张钫家后院　张钫母寓室　日

张钫母寓室内焚着香,正堂拜有菩萨。靠内侧有一大炕——老母仍不改农家妇习惯,大炕上放着一架纺车。

张钫母盘腿坐在炕上,蒋介石坐在炕沿,张钫、张道藩、蒋鼎文立在一侧。有侍者向蒋介石、张道藩、蒋鼎文奉茶。

蒋介石:去年来看您,正医眼睛,现在好些吗?

张母侧耳倾听,点头:眼前还飞蛾子,能纺花。(指指耳朵)这回这儿不行了。(指指张钫)他们都懒得与我说话。

蒋介石微笑,大声:家母生前眼也不好,闭着眼纺花。饭量还好吧?

张母:一顿能吃俩馍,三天两天死不了,(指张钫)且让他们盼着呢!(又探身问)委员长啊,我老了,有句话,不知当问不当问?

蒋介石:老人家请讲。

张母:俺是河南人呀,听说河南遭了灾,饿死不少人?

蒋介石:政府正在救灾,一面用火车往灾区拉粮食,一面用火车往陕西拉灾民。

张母：阿弥陀佛，这下乡亲有救了。

116. 张钫家前厅　日

前厅是八仙桌，太师椅。

蒋介石与张钫坐在桌旁，张道藩、蒋鼎文在下座侧身相陪。有侍者奉茶。

蒋介石：老学长，这次来找你，是想找你借东西呀。

张钫拍拍自己的脖子：不是借脑袋吧？

众人笑了。

张道藩：河南又要打仗了，委员长来找参议长借粮食。

张钫：昨天通知委员长要来，我就知道不是好事。

众人又笑了。

张钫：不是日本人放弃进攻河南了吗？

张道藩：放弃过，又来了。盟军上个月开始轰炸日本本土，日本人欲摧毁我浙赣的军用机场，开始从华北入手，现正在开封濮阳一线重新集结兵力。

张钫诡笑：问题是，这回你们是真打，还是假打？

蒋介石：上回是真打，这回也是真打。（对蒋鼎文）上次给你三十万兵力，这次给你四十万，日军目前在河南兵力空虚，你明天回去好好布置！

蒋鼎文忙站起：是！

张道藩对张钫：此次豫北会战，意义不同往常，美国人、英国人、俄国人正在密谋召开一次会议，意在讨论战后的世界格局。

张钫终于听明白了，点头：关键时候，我们需要在国际上亮一个相。

张道藩：委员长从上个礼拜起，每顿饭减两个菜，支持抗战大业。

张钫毅然站起：张钫虽与委员长政见略有抵牾，但民族危难之时，愿捐一半家产，支援河南战役。

蒋介石用文明棍捣了一下地，站起，握住张钫的手：谢谢老学长，你为实业界和工商界带了一个好头。（指张道藩）接着他就好做文章了。

张钫：怕就怕捐出的东西，又被当地官员给贪污了呀。

蒋介石严肃地：已责成监察院赴灾区调查，准备杀一批，关一批，以儆效尤。

117.洛阳火车站广场　黎明

天刚蒙蒙亮。有手往一张张桌子上放置牌子和圆形印戳。牌子上写着：洛阳灾民登记处。广场空空的。空空的广场周围站满了宪兵。宪兵警戒线之外，拥挤着成千上万肮脏的、饥饿的、翘首以待的灾民。为了御寒和度过长夜，许多人头上裹着毛巾，身上披着被子，露出两只灰蒙蒙的眼睛。

118.洛阳火车站广场　黎明

一队警察，开始往广场桌子后坐。坐后，开始往一摞白布条上盖印戳。

广场的栅栏被宪兵打开。灾民风卷残云般占领了广场。每个桌子前，都拥挤着成群的混乱的灾民。有担着箩筐的，有扛着铺盖的，有背着娘的，有用独轮车推着爹的。老东家也在这些拥挤的灾民中，他抱着自己的孙子，背着行李和卖女儿得到的一袋小米，老头子行动不便，被汹涌的人群挤得踉跄跌步。老东家后面跟着栓柱，栓柱背着一大捆破烂的行李，脖子里挂着卖老婆得到的一袋小米，左手拉着留保，右手拉着铃铛。铃铛转眼被人挤丢了，栓柱回身喊叫着在人缝里寻找，终于找着，大声呵斥。

战区巡回法庭的老马又出现在这里，他和两个随从在帮助宪兵维持秩序。老东家挤过去想和老马说什么，但转眼之间，老马也被灾民挤得看不见了。

高音喇叭开始广播，声音格外庄严：第一战区军务部、河南省民政厅、陇海铁路局联合公告：为了抗战大业，为了战时铁路管制，为了防嫌防特，难民必须在当地火车站经过登记，验明身份，才能免费乘坐火车。有无视本规定擅自乘车和扒车者，将按战时治安管理条例之第五条第八款予以严惩……

广播声中，坐在桌后的警察也在向拥挤在桌前的灾民喊：都听好了，车上地方紧张，一律不准带东西上火车。

旁边就有另外的警察在收缴灾民剩下的最后的家当：剩余的少量的粮食、铺盖、手推车和扁担等。有灾民抢回自己的东西，又被警察粗暴地夺走。被剥夺得一干二净的灾民，领到一个盖着赈济委员会印戳的白布条，上边盖着"赈济"二字。

119. 洛阳火车站广场　黎明

领到白布条的灾民，急忙将这白布条系到自己前胸的扣襻上。

东家抱着孩子背着铺盖卷和卖女儿得到的一点粮食从人潮中退了下来。栓柱也满头大汗脖子里吊着卖老婆得到的一点粮食背着行李拉着两个孩子退了下来。

老东家：我们这是卖人换来的救命粮，咋能交给他呢？

120. 洛阳　日

洛阳市的一个街道也人山人海。董家耀和其他几个贪污犯被五花大绑押在军用卡车上游街。市民被组织起来，观看政府严惩贪污犯。车上有一大喇叭在广播政府的宣判书。

大喇叭：董家耀，男，现年四十岁，原系第一战区军需处上校军需官，在任期间，不顾抗战大业，不念政府救灾之急切，贪污成性，投机倒把，数额巨大，不杀不足以平民愤，依照中华民国刑法之第八章第七条第四款，特处以极刑，立即执行；李富宽，男，现年四十五岁，原系河南省民政厅救济处处长，在任期间……

群情激愤，大家都抢着往董家耀等人头上扔土块、石块、砖头块和遥远地吐唾沫。董家耀等人头上被飞来的土块、石块和砖头块砸得血流满面。董家耀挣扎着想喊什么，但脖子已被细麻绳勒着，嘴里痛苦地呜里呜啦，就是发不出声音。

121. 洛阳　一教会医院　日

托马斯·梅甘带安西满来医院给安西满治疯病。看完病，教会医院的院长把他们送到门外。贪污犯游街的队伍经过医院门口，他们三人被拥挤的人群又挤回医院台阶上。安西满目光呆滞。看着董家耀挣扎脖子的难受样子，托马斯·梅甘说。

托马斯·梅甘：如果早一点枪毙这些人，灾民会少死许多。

医院院长：这只是一场戏，观众都是被组织起来观看的——政府在为马上又要开战的豫北战役平定人心。（悄声）而且，这只是被枪毙人中的一部分；秘密枪毙的，还有像洛阳电报局长那样的人，听说，白修德的稿子，就是通过他发出去的。

安西满看着卡车上的人犯，这时痴痴地说：我们跟他们一样。

托马斯·梅甘吃惊地看安西满。

安西满：我们借灾荒传教，他们借灾荒发财。

托马斯·梅甘哭笑不得：这怎么能一样呢？（对医院院长）看来，真是病得不轻。

医院院长：记着让他吃药。

122. 苇子坑　日

在过去卖妇女的地方，在臭水坑和密密麻麻高大的干枯的芦苇前，董家耀等人被押到这里执行死刑。在这里被组织观看的是些灾民，从火车站退下来的老东家和栓柱也在其中。与卖人时熙熙攘攘不同，观看毙人的灾民稀稀拉拉。

董家耀等人被宪兵捺跪在水坑和芦苇前。后边是一排穿着美式军服端着卡宾枪的严肃的宪兵。一个宪兵挨个解开了罪犯脖子上的细麻绳。这时一个洛阳市政府的官员请示一个河南省政府的官员。

洛阳市政府的官员：林处长，动手吧？

河南省政府的官员：刚才市民看过了，还想让灾民看一看——规模有点小哇，你们洛阳市是怎么组织的？

洛阳市政府的官员：灾民都忙着扒火车，人不好拢，有这些代表就够了。

河南省政府的官员：这不是人多人少的问题，宣传效果达不到，就是政治事故。

接着不耐烦地挥挥手。监斩官举起了行刑旗。这时另一个贪污犯李富宽摇着刚松开的脖子问董家耀。

李富宽：老董，刚才你要喊什么？

董家耀：冤枉。

李富宽一笑。这时一阵排子枪响起，芦苇荡中的鸥鸟"扑啦啦"飞起，直冲云霄。

灾民中，栓柱：东家，毙人了，说不定要救灾了，陕西咱就别去了。

老东家摇摇头：他们做啥，我都不信了。（又说）路上正在过兵，河南又要打仗了。栓柱呀，事到如今，是砂锅捣蒜，一锤子买卖，陕西还是得去——只要到了陕西立住脚，咱们就好办了，（从怀里掏出账本，点着说）我知道怎么由穷人变成财主，不出十年，你大爷就又是东家，咱们就能回来接星星和花枝了。

栓柱被这美好前景吸引：大爷，到时候我还给您当长工。

老东家：亲人死的死，卖的卖，现在就剩下咱俩，咱们也就是亲人了,到时候咱们一起当东家。

听说要一块当东家,栓柱更加感动,突然捂着脸说:东家,我对不住您。

老东家:为啥呀?

栓柱:临逃荒的时候,少奶奶那盒首饰,是我偷的,埋在了咱家槐树下。

老东家将账本揣到怀里,叹息一声:你要把它留在身上,咱能少死好几口人。(又安慰栓柱)等当了东家,就不用偷了。

123. 洛阳火车站站台　夜

一列准备西去的难民闷罐子车停靠在站台上。车站四周围着铁丝网。火车上挤满了系着"赈济"白布条的灾民。不但闷罐子车厢里挤满了人,车顶上也扒满了人。车站中央的岗楼上有探照灯,探照灯在车站扫来扫去,光柱不时落在火车上的人群上和铁丝网上。

火车站的站长提着红灯和一个警长从铁丝网前走过。

警长:怎么还不发车?警报还没解除吗?

站长:警报倒解除了,又让等运兵车。

警长:河南又要打仗了。(困倦地打了一个哈欠)困死我了,为了对付这些灾民,我已经三天三夜没合眼了。

等他们走过去,一群没领到"赈济"白布条的灾民悄悄将铁丝网扒开，钻过铁丝网，试图偷扒火车。其中就有抱着孙子背着铺盖卷和小米的老东家和脖子里吊着小米背着行李牵着孩子的栓柱。他们鸦雀无声、小心翼翼。钻铁丝网的时候，铃铛手里的风车，掉到地上，铃铛挣扎着要捡回来。栓柱打了她一巴掌，钻回铁丝网，捡起风车，掖到自己怀里，接着又钻了回来。

他们还真是幸运，钻铁丝网没有被站台上的警察发现。警察连日来对付这些无穷无尽的灾民已经身心疲惫，许多警察歪在站台的椅子上睡着了。

令人没想到的是，当这股非法灾民接近火车时，老东家怀里的孩子被颠醒哭了起来。"嗷嗷"的哭声，在寂静的夜半显得格外嘹亮。站台上的警察马上被惊醒。已经走远的站长和警长也转过身来。警长嘴里的哨子立即响起。探照灯也向这边扫射过来。大队的警察如狼似虎扑向灾民。灾民的队伍被冲散。但他们仍在奋力摆脱警察往火车上扒。老东家和栓柱被冲散了。

铁丝网外拥来的灾民越来越多。车站站长拼命摇信号灯，让火车提前发车。火车"呜——"的一声鸣笛，"哐当"一声，在灾民还在往火车上扒的同时，火车启动了。

124. 火车上　夜

火车已经开始提速。没领到"赈济"白布条的灾民拼命往车厢和车顶上扒，车厢和车顶上的灾民拼命把他们往下推——害怕他们蚕食自己已经占据的位置。许多灾民在运动中被推了下去。有几个被推下去的灾民被火车的风力吸到车轮下。"咔嚓""咔嚓"，火车从他们身上轧了过去。

125. 火车厢顶上　夜

火车已经出站，到了原野上，越开越快。车顶上一片混乱。爬上去的灾民，还在相互推搡寻找自己的立脚之地。所有灾民的头发都迎风而立。

这时我们惊奇地发现，六十来岁的老东家凭他坚强的意志和毅力扒上了火车，正在往下卸肩上的小米和行李。

另一节车厢上，栓柱带着留保和铃铛也扒了上来。

126. 火车顶上　黎明

黎明和雾气之中，火车顶着一车人在快速行走。一夜过去，寒风之中，车顶上的人都冻僵了。但疲惫战胜了寒冷，许多灾民竟在寒冷的车顶上睡着了。

一列火车拉着大炮、辎重和士兵从难民车旁逆向驶过。

栓柱猛然醒来，发现身边的留保和铃铛不见了。他"呼"地站起来，往周边寻找。车顶的人堆里，不见两个孩子。栓柱开始疯狂地喊着留保和铃铛的名字，跳过一节一节运动的车厢寻找。留保和铃铛没有找到,看到了老东家。

栓柱着急地大声喊:东家,看到留保和铃铛了吗?

老东家大声地:他们不是跟你在一起吗?

栓柱:坏了,他们睡着了,被挤下去了,我得下去找他们!

老东家一把没拉住栓柱,栓柱从火车顶上跳了下去。幸好他在愤怒中跨越的幅度大,没被火车吸回轮下。但等他清醒过来,突然意识到自己的行李和小米落在了火车上。

栓柱:我的铺盖,我的小米!

又去拼命追赶火车。但火车已高速驶去,把他留在了一片漆黑的原野上。渐渐只能看到高速离去的尾灯。这时栓柱流下了泪。

栓柱:那是我卖老婆换来的小米。(突然愤怒地骂)火车,我 × 你亲娘!

127. 火车顶上　黎明

火车顶着一车人在快速行走。老东家在查看自己怀中的小孙子。

老东家:留成,千难万险,就咱爷儿俩能去陕西,这是祖上积的德啊!

128. 火车顶上　黎明

黎明和雾气之中，火车仍在顶着一车人在快速行走。

又一辆运兵的列车拉着大炮、辎重和士兵从难民车旁逆向驶过。

一轮红日升了起来，火车驶到一个山洞前，山洞上方写着两个大字：潼关。

老东家一阵惊喜，满脸希望和喜悦地对怀里的孩子说：留成，陕西到了。

但火车从涵洞里钻出来，慢慢停下。

因为前边的铁路上，堆放着许多枕木和碌碡。枕木和碌碡后边，密密麻麻排满了陕军。

129. 潼关西　铁路上

陕军在陕西边界布满了散兵线。

一个军官模样的人拿着手枪对火车司机说：往回开。

火车司机扬着手里的一张纸：我有令呀，让把灾民运往陕西。

陕军军官把纸夺过来，三下两下撕了：我这也有令。到陕西的灾民，已经有几百万了，你再往这运，俺陕西就成灾区了。

火车司机执拗：我不往回开，开回去会法办我。

陕军军官"啪"的一枪，将火车的反光镜给打碎了，又用手枪指着司机的脑袋：不开，我现在就法办你！

火车司机被吓住了，拉了一声汽笛，开始将火车往后退。灾民们觉得到了陕西就能求生，一下炸了窝，跳下火车，漫山遍野往陕西地界跑。老东家抱着孙子，也跟着众人奋力跑。陕军为了震慑灾民，对天开了枪。众灾民扑倒在地，躲避子弹。老东家也扑倒在地，将孙子压在自己身下。枪声一阵紧似一阵，老东家紧紧压着孙子，不敢抬头。待枪声过后，老东家抬起身子，查看地上的孙子，孙子已经被闷死了。老东家悲痛欲绝，用手拍着地。

老东家：留成呀留成，好不容易到了陕西，没想到我把你闷死了。

130.河南鲁山　省政府主席李培基的办公室　日

几十个丸子，一半黑乎乎的，一半白生生的，趴在李培基的办公桌上。

李培基已经精神疲惫——神情上已经开始接近灾民——坐在办公桌后，办公桌前站着风尘仆仆的延津县县长老岳和县党部书记小韩。

老岳指指桌上的黑丸子：这个是简易救荒丸，吃一颗一天不饿；（指指桌上的白丸子）这个是长效救荒丸，吃一颗七天不饿。

李培基狐疑地看着桌上这些脏东西。小韩随着老岳说话，以期待的神态对李培基点头哈腰。

老岳指指小韩：小韩闭门研究多日，才配制出这两种救荒食品——希望政府拨款生产，大力推广，必将把挣扎在死亡线上的河南人一个个都救回来。

李培基：这些东西是什么材料配制的？

小韩：祖传，是按祖传的秘方配制的。

李培基摇头：如果你这东西是祖传，那么从秦朝开始，中国就不该饿死人！

老岳：可它真起作用哩！我前天吃了一颗，直到现在还不饿，也不想喝水！

李培基：那你去年咋不说呢？如果去年说了，河南少饿死多少人？我会立马让你当粮政局长，让他当县长！

老岳：去年还没研究出来——现在生产也不晚，亡羊补牢，犹未晚也……

这时李培基的秘书走进来：主席，车修好了。

李培基从桌后站起：我还要去洛阳开军政粮草会议，恕不奉陪老学长了——战事迫在眉睫，救荒丸的事咱们回头再说。

老岳也忙站起：其实我今天来，主要也不是为了救荒九——军队已云集豫北,县里饿死和逃荒的人十停占了九停,实在是难以为继呀,我想请主席把我调到豫南一县。

李培基:老学长,大战在即,省政府也要马上转移。如果从省到县的政府还想存在,唯一的希望,就是盼着战争能够打胜。

老岳怔在那里:这……

131. 空中　日

一架日军飞机,在河南上空飞行。

从飞机上往下看,山路上有两股人流,一股是灾民队伍,仍在前不见头后不见尾地向西漫延;逆着灾民队伍,是前不见头后不见尾的中国军队,正在开赴豫北前线,有各种马拉的炮车和军用卡车。

一张日文河南地图铺放在机舱的桌子上。河南全貌一览无余。日军华北方面军司令官冈村宁次大将,某集团军司令官高桥次郎中将趴在地图上。周边站着几个参谋人员。冈村宁次看了一阵地图,起身走到机窗前,看地面上的两股人流。

冈村宁次:高桥君,你目前集结的兵力到底有多少?

高桥次郎也从地图上抬起身:三个师团加五个混成旅团约六万人。

冈村宁次：目前集结在河南的中国军队有多少？

高桥次郎：据情报科提供，蒋鼎文有八个集团军，蒋介石又增派一个集团军，虚称七十万，实有四十万人。

冈村宁次回到桌子前，端起杯子喝了一口水，看着河南地图沉思。

高桥次郎：陆军部的一号作战纲要，实在是几个参谋在东京地图室里制定的。与中国军队在河南相持这么久，该打的时候不打，不该打的时候又要打——美国人一轰炸东京，把他们吓坏了。为了摧毁浙赣的军用机场，却从华北战场入手……

冈村宁次：大战之前，巩固战略后方也是很重要的呀。（一只手端着水杯，另一只手在地图上移动）平汉线，陇海线，是中国仅存的两条大动脉……从后天凌晨开始，由开封以西、濮阳以南至长垣一线发起总攻。攻下新乡后渡黄河南进，然后攻下郑州、许昌、漯河，再以一个师团的兵力沿平汉线委蛇南下，主力则迅速折转向西进攻洛阳、三门峡、潼关，形成威逼西安之势。

高桥次郎：司令长官，今年不比去年。去年蒋鼎文率三十万人，如今率四十万人；去年皇军十五万人，如今六万人。兵力悬殊太大……

冈村宁次点点头，又从地图上仰起身子：我也给你增至四十万人。

高桥次郎瞪大眼睛：太平洋战争已从中国战区抽调不少兵力，司令长官，您还能从哪里抽调部队？

冈村宁次又走到机窗前：新的兵力我已调集给你，粮食……

高桥次郎（不解地）：粮食？

冈村宁次：河南自遭受旱灾，天天死人，中国政府救灾不力；你进攻的路线，就是灾民逃荒的路线，如果你把手里的军粮发给灾民，他们会怎么样呢？——要么会成为你的协助，帮助你支援前线；要么会直接参与战争，解除中国军队的武装。

高桥次郎：司令长官，他们可是中国人。

冈村宁次（摇头）：不，首先他们是人。（停停又说）要学会热爱敌人，这是甘地说的——而甘地，据说是蒋委员长在这个世界上最敬佩的人。

飞机升高，向天际飞去。

132. 战争场面

炸弹呼啸着从空中次第落下。战争场面但无战争场面画面，只有格外激烈的枪炮声、飞机轰炸声、人群呐喊和血肉横飞的画外音。幕布上，二十世纪四十年代的打字机一个字一个字打出以下内容。

　　这年四月，日军发动河南战役，遇到国民党军队的顽强抵抗，日军以六万兵力，相继攻克郑州、许昌、漯河、驻马店、南阳、巩义、洛阳等城市二十八座，歼灭国民党军队三十万人。

133. 洛阳城门　日
城门楼上两个大字：洛阳。
在过去拥挤着灾民的城门前，日军正在举行入城式。
战车、军队排成分列式队形，浩浩荡荡穿过城门。

134. 洛阳　日
在过去董家耀等贪污犯被五花大绑游街的街道，前不见头后不见尾的日本军队整齐地穿过。

135. 洛阳城郊　天主教堂　日
"嘭""嘭""嘭""嘭"，有人敲教堂的大门。
安西满打开教堂的大门，门外站着一个日本军官，一个中国翻译官；身后是两个全副武装的日本士兵。
翻译官：告诉神父，皇军宣抚官茅野中佐前来拜访。
安西满已经半疯，神态痴痴的，也不说话。

136.教堂内　日

托马斯·梅甘与日军宣抚官茅野分坐在桌旁。

茅野与托马斯·梅甘直接说英语。

茅野：河南饿殍遍野，闻知神父竭力救灾，开设粥棚，十分敬仰。

托马斯·梅甘：我是奉主的旨意。

茅野：奉天皇的旨意，皇军也在救灾，期盼与神父联手，共同救河南民众于水火。

托马斯·梅甘愣在那里：联手？

茅野和蔼地：对，天皇与上帝联手，给河南民众以希望。

托马斯·梅甘明白了茅野的意图，站起身来：你是说，通过救灾，让我们表明，上帝是站在你们一边的？

茅野也站起来，微笑着：上帝和天皇，共建大东亚共荣圈。

托马斯·梅甘忙说：先生，虽然都是救灾，但我们的救灾，和你们的救灾，是两回事。

茅野用不容置疑的口气：一回事。

这时看到窗外有日军开始往教堂运送粮食，茅野又微笑着说。

茅野：从明天上午开始，我们一起，在教堂外开设粥棚。

接着走到圣母玛利亚的塑像前,在胸口画了一个十字,转头对托马斯·梅甘说。

茅野:顺便告诉神父,我也是天主教徒。

带着翻译官和日本士兵离去。

137. 教堂外　夜

教堂大门口有持枪守卫的日军士兵。

教堂四周,有端着枪巡逻的日军士兵。

138. 教堂内　夜

教堂门口廊下,堆满一袋一袋的粮食。

托马斯·梅甘带着安西满在一垛一垛的粮食间穿行。安西满手提马灯,神态仍痴痴的,在傻笑。

托马斯·梅甘叹息:他们想利用上帝,来收买民心。

安西满傻笑着说:吃,还是不吃?

托马斯·梅甘:上帝,怎么能与侵略者合作呢?

安西满傻笑着说:吃,还是不吃?

托马斯·梅甘:我们不能亵渎上帝。(指指大门外的日军)更不能让他们亵渎上帝。

安西满傻笑着说:吃,还是不吃?

139. 梅甘起居室　教堂门廊　夜

托马斯·梅甘在起居室圣母玛利亚的塑像前祷告。

轻轻的敲门声。安西满在门外悄声喊：神父，神父！

托马斯·梅甘开门，安西满手提马灯，悄声说：神父，我终于知道魔鬼是谁了？

托马斯·梅甘一愣：谁？

安西满神秘地拉起托马斯·梅甘，开始往教堂廊下走。到了廊下，安西满指着一垛一垛的粮食说：就是它！

托马斯·梅甘这时发现，粮食垛上在往下滴煤油。粮垛下放着煤油桶。托马斯·梅甘突然明白了什么，欲拦安西满，安西满已将手中的马灯砸向粮食垛，大火"轰"的一声起来。安西满仰天大吼。

安西满：上帝终于战胜魔鬼了！

托马斯·梅甘着急地：教堂，教堂！

赶紧脱下身上的教衣，扑上去救火，安西满一把将托马斯·梅甘推开。二人在地上厮打。安西满捺着托马斯·梅甘吼道。

安西满：让地狱里的火，烧死这些魔鬼吧！

这时"嘭"的一声枪响，安西满应声倒在托马斯·梅甘身上。日军士兵已经端着枪冲进教堂，开始救火。

托马斯·梅甘从血泊中爬起来，抱起安西满，满眼是泪：

是我害了你，不该让你在大灾之年传教。

140. 湖边　日

"嘭""嘭""嘭""嘭"几声爆炸。湖面上腾起水柱。日本军人在炸冰捕鱼。

湖边长着一丛一丛的芦苇。

日午时分，越过洛阳、继续往西进逼的日本军队原地休息，埋锅造饭。军队中夹杂着一些中国民夫，在给日军喂马，烧锅。

几个日军，嘴里"叽里咕噜"说笑着，将从冰窟窿里捕到的鱼，用行军盆往烧锅前抬。

烧锅前，巡回法庭的老马，系着围裙，正蹲在地上剖鱼，给鱼刮鳞。两手冻得裂开口子。

一个日本厨子，正兴致盎然地用军刀片生鱼片。另一个日本厨子，将日本芥末和酱油，倒到一个饭盒里搅拌。

老马低头咕哝：可惜这鱼了，我们都做鲤鱼焙面。

山洼背风处，一个日军联队长，正坐在一个炮弹箱子上吃饭。他面前放着另一个炮弹箱子，上面摆着生鱼片，打开的罐头，日本饭团，中国馒头，还有一盆热气腾腾的日本大酱汤。为了取暖，他身边点了一堆火。火堆旁边，拴着几匹日军战马。

两个日本兵，押着一个中国人，来到日军联队长面前。

这个中国人下身穿着露出棉絮的花棉裤，上身穿着棉袄，头上戴着一顶国民党士兵的棉帽子，手里拿着一个风车。

日本兵一：报告联队长，抓到一个中国军人。

原来这个中国人是栓柱。栓柱听不懂日语，但明白他们说的是什么，忙指着自己的帽子。

栓柱：捡的，路上捡的。

老马从远处看到栓柱，忙扔下手中的鱼跑过来。

老马：这不是栓柱吗？

栓柱也吃了一惊：这不是老马吗？（看老马的打扮）你咋给日本人做饭了？

老马摇头：饿呀。政府没了，河南没了，先活下来再说吧。

栓柱打量左右：你的两个伙计呢？

老马：一个被打死了，一个被饿死了。

日本人听不懂两个中国人在说什么，日军联队长指着栓柱问老马。

日军联队长：你们的，认识？

老马点点头。

日军联队长指栓柱头上的帽子：他的，军人？

老马比画着旁边的军马：不，不，他不是当兵的，是喂牲口的，会赶马车。

日军联队长点头：那好，给大日本皇军喂马。

栓柱明白了日本人的意思，忙摇头：这可不行，（摇摇手里的风车）我还要找孩子呀。

日本兵想发怒，老马忙劝栓柱：你都饿得打晃了，还找啥孩子呀？先活下来再说吧。

日军联队长从栓柱手里拿过风车，拉了两下，风车"嘟噜噜"地转。日军联队长觉得好玩，笑了，指着风车对栓柱说：送我。

栓柱摇摇头：这个更不行，万一孩子找不到，就剩这一个念想了。

日军联队长看出栓柱是个轴人，从炮弹箱上拿起一个中国馒头，比画：我们，换。

栓柱摇头，推开馒头，去拿风车。一不小心馒头被他拨拉到地上，接着滚到马尿里。日军联队长大怒，认为栓柱羞辱了他，将风车扔到身边的火里。风车在火里燃烧。栓柱扑上去要救风车，两个日本兵一左一右，把他捺在原地。日军联队长"刷"地拔出身上的战刀，挑起马尿中的馒头，杵到栓柱嘴前：吃了！

老马被吓傻了，忙劝栓柱：栓柱，先保命吧。

没想到栓柱大怒，照日军联队长脸上，啐了一口唾沫：小日本，你敢烧我女儿的东西，我×你妈！

日军联队长一刀捅出去，"扑哧"一声，战刀从栓柱嘴里穿过。

栓柱应声倒地。老马吓得浑身哆嗦。这时烧锅前的日本厨子向老马招手。

日本厨子：马，来。

老马哆哆嗦嗦跑回烧锅前。日本厨子用刀子叉起一片生鱼片，在饭盒里蘸了一下芥末，挑到老马脸前。

日本厨子：马，吃。

老马不敢不吃，用嘴接住。

日本厨子：好吃吗？

老马被呛得满眼泪：辣。

两个日本厨子哈哈大笑。

141. 重庆黄山官邸　山路上　清晨　雨

李培基跟陈布雷，正在山路上拾级而上。一人打了一把伞。

李培基：陈主任，该不该给您打电话，我也踌躇半天呀。可河南这事，众说纷纭，我也满腹委屈呀。我听说，许多人把河南丢了，怪到我头上；我还听说，许多人把河南丢了，怪到河南人头上，说他们都是汉奸；我也得把实情，汇报给委员长啊。

陈布雷：委员长今天上午，还要去衡阳前线；昨天晚上我告诉他你来了，他就让你来陪他吃早餐。

李培基（感激地）：谢谢陈主任。

142.黄山官邸云岫楼　餐室　清晨　雨

蒋介石和李培基一起吃早餐。每人面前摆了一碗稀饭，几片面包，一个水煮鸡蛋。桌上放着几碟小菜。

蒋介石点着桌上的饭：培基，吃，吃。

李培基诚惶诚恐地吃稀饭。

蒋介石：培基，你到重庆来，是来诉委屈的吧？

李培基马上站起，不敢诉委屈，换了一套词：培基到重庆来，是来请罪的。为官一任，黎民百姓惨遭涂炭，现在又把国土丢了；于国于民，培基都无立足之地，特来请求委员长给予制裁。

蒋介石摆摆手，让李培基坐下。

蒋介石：河南丢了，不怪你，怪蒋鼎文。四十万打不过六万人，如果这个仗这么打下去，我们很快就会亡国灭种，已经将蒋鼎文撤职查办。

李培基松了一口气，坐下，但也不敢说话。

蒋介石：当初看你忠厚，派你到河南去，现在看，害了你了。

李培基忙站起：是培基辜负了委员长的信任。

蒋介石：我也知道，蒋鼎文打得也很艰苦，但日本人进攻河南手段这么毒辣，给灾民发粮食，是我没想到的。

陈布雷：昨天，英国《泰晤士报》发表文章，说这次河南战役，有许多灾民，在帮助日本人解除中国军队的武装。

李培基忙说：这绝对是谣传，是挑拨。

蒋介石从另一个方面发了怒：这种文章，怎么会发得出去？人心向背，关乎国家颜面，马上让张道藩发表谈话，以正视听；广大的民众，还是站在政府一边的，助纣为虐者，是汪精卫之流。

陈布雷：是。

蒋介石问李培基：这次河南旱灾，死了多少人？

李培基：政府统计，一千零六十二人。（低声）实际上，从去年到今年，大约有三百万人。

蒋介石受到极大的震动，膝盖哆嗦起来：怎么会有那么多人？

李培基结结巴巴：大旱过去，又下暴雨；暴雨过去，流行脑膜炎。

蒋介石从餐桌旁站起，来到窗前，看着屋檐下滴滴拉拉的雨水，问陈布雷：国际上怎么讲，又该说我是独夫民贼了吧？

陈布雷：报纸虽然还在报道河南，但各国政府，现在关注的是斯大林格勒战役的胜利和盟军准备在欧洲开辟第二战场。

蒋介石长出了一口气。

陈布雷又说：罗斯福、丘吉尔、斯大林已经商定在开罗或德黑兰召开会议，欲讨论战后的世界格局，宋部长正在积极争取，希望我们能够参加；但罗斯福说，丘吉尔、斯大林均不同意。

蒋介石怒：他们同意，我就去；他们不同意，我就在这里节衣缩食。（又问李培基）日本人到了什么地方？

李培基：正在往潼关逼近。

蒋介石：告诉何应钦，潼关再不能丢了。让日本人占了陕西，你们就是联络好开罗，我也没脸面去！

143.山路　日

日本军队沿着陇海线，继续往潼关逼近。队伍前不见头后不见尾。

一辆日军三轮摩托，逆着行进的队伍飞驰而来。上边坐着两个日军通信兵，戴着风镜。

三轮摩托停在一辆军用吉普前。

一个日本兵从摩托上跳下来，向吉普敬礼（日语）：报告旅团长，先头部队于函谷关与中国军队发生遭遇。

吉普内是位日军陆军少将。他看看车外的太阳，又看看自己的手表（日语）：通知部队，加紧前进。

行进的日本军队，加快了速度。

144.山路　日

日军的三轮摩托，转过山坡，停在一山崖前。

两个日本兵从车上跳下来，嘴里"叽里咕噜"说着日语，来到山崖前撒尿。

突然山坡下的草棵子里一阵晃动，把两个日本兵吓了一跳。两个日本兵慌忙掏出身上的"王八盒子"。

日本兵（日语）：什么人？

这时从山坡的草棵子里，钻出一个衣衫褴褛、满脸污垢的老头，身上背着一个破烂的铺盖卷。原来是老东家。

日本兵一（日语）：中国奸细？

日本兵二将老东家揪上崖来，开始搜查老东家。先搜老东家的铺盖卷。铺盖卷里皆是些破衣烂衫，还有一顶婴儿的帽子。扔下这些破烂，又搜老东家的身。从老东家怀里，搜出一个账本。翻开看，账本上密密麻麻写满了人名和欠债的数目。日本兵二看不出个所以然，欲扯着撕了。老东家扑上去。

老东家：这是我家的账本，这可不能撕，这是我的命啊。

日本兵二听不懂老东家的话，见老东家扑来，将账本扔给了日本兵一。老东家又扑向日本兵一。两个日本兵，将账本像皮球一样传来传去。老东家来回奔扑。两个日本兵一下没传好，账本落下了山崖。山崖底下是深渊，账本转眼间看不见了。

老东家绝望地：完了，账本没了，这下彻底完了。

两个日本兵"哈哈"大笑。日本兵一踢了老东家一脚（日语）：中国灾民，滚！

日本兵二却动了坏心思，将一条腿跷起来，示意老东家（日语）：钻过去！

老东家看了看日本兵，欲哭无泪：我辱没先人。

从日本兵的腿下，木然地钻了过去，蹒跚着步子离开。

145.山路　日

老东家逆着逃荒方向往回走。这时还有许多灾民疲惫地弓着腰继续往陕西逃荒。一个中年灾民看到老东家逆流而行，便问。

灾民：老哥，打陕西下来的呀？

老东家点头。

灾民：咋往回走呀，陕西没活路呀？

老东家：陕西有活路，就我没活路。

灾民：往回走，就是个死呀。

老东家：想的就是个死，就想死得离家近一点。

146.山坡上　日

老东家转过山坡，另一股日本军队在向潼关进逼。车马辎重，队伍前不见头，后不见尾。太阳照在钢盔上，闪出刺眼的光芒。一个日本军官骑着高头大马，走在队伍中间。队伍行进的行列旁，就有横七竖八的中国灾民的尸体。日本军队无动于衷。一个六七岁的小姑娘，正伏在一个尸体上哭。她有点像铃铛，但又不是。一些零星的逃荒的灾民从她身边路过，也无动于衷。老东家走到她身边停了下来，弯下腰拍她。

老东家：妮儿，谁呀？

小姑娘：俺娘。

老东家摸摸尸首：身子都凉了，别哭了。

小姑娘：家里的人都死了，剩下的人我都不认识了。

一句话勾起了老东家的心病，老东家嘴有些哆嗦：妮儿，叫我一声爷，咱爷俩儿就算认识了。

小姑娘仰起脸，稚嫩的声音叫了一声：爷。

老东家拉起小姑娘的手，逆着前不见头后不见尾的日本军队，向山坡下走去。

春天了，山坡下向阳，漫山遍野开满了桃花。繁花似锦。

147.繁花似锦中　字幕

尊敬的委员长先生：

我于二、三日内即将前往北非，望于二十一日抵达开罗，丘吉尔将晤我于此。我与丘吉尔拟于二十六日或二十七日于波斯与斯大林相晤。故我殊愿阁下、丘吉尔与我得先此相晤。盼阁下能于十一月二十二日抵达开罗。

富兰克林·德拉诺·罗斯福

一九四三年十一月九日

148. 繁花似锦中　字幕

六年之后，蒋介石失去大陆，退踞台湾。

149. 繁花似锦中　字幕

十五年后，这个小姑娘成了俺娘。自打我记事起，没见她流过泪，也不吃肉。

150. 繁花似锦中　字幕

七十年后，当我为了一篇采访问到一九四二年时，她一脸茫然：一九四二年？饿死人的年头多得很，你到底指的是哪一年？

151. 字幕

繁花似锦化成黑色幕布，升起字幕。

自东周以来河南旱灾：

桓王三年，大旱。民大饥。

元鼎三年，大旱。大饥，民相食。

地黄三年，特大旱。春二月，人相食。

建武二年，旱。大饥。

建武五年，大旱。饥。

永初三年，大旱。大饥，人相食。

兴平元年，旱。大饥。谷一斛五十万钱。

太和二年，大旱。饥。

泰始九年，大旱。饥。

义熙四年，大旱。饥。

延昌二年，大旱。饥。

天平四年，大旱。饥。

武德九年，大旱。饥。

贞观元年，大旱。斗米千钱，死者枕于路。

永隆元年，旱。冬大饥。

大和六年，旱。大饥。

咸通二年，旱。饥。

咸通三年，大旱。大饥。

天福八年，大旱。大饥。

建隆三年，大旱。大饥。

淳化元年，大旱。大饥。

景德二年，大旱。大饥。

大中祥符二年，大旱。大饥，人相食。

元祐二年，大旱。大饥。人相食。

元祐七年，大旱。大饥。

定宗七年，大旱。大饥。

大德五年，大旱。大饥。

延祐七年，大旱。民大饥。

天历元年，特大旱。大饥。人相食。

天历二年，特大旱。大饥。人相食。

至顺元年，大旱。连续三年大旱。

元统二年，大旱。大饥，人相食。

至正三年，大旱。大饥，人相食。

至正十二年，大旱。大饥，人相食。

至正十八年，大旱。大饥，人相食。

至正十九年，大旱。大饥，人相食。

洪武四年，大旱。

洪武五年，特大旱。

洪熙元年，旱。

正统二年，旱。

成化二十年，特大旱。大饥，人相食，死者枕藉。

成化二十一年，旱。

嘉靖七年，特大旱。大饥，人相食。

隆庆六年，大旱。饥，人相食。

万历四十七年，特大旱。野断青，人相食。

天启七年，旱。大饥。

崇祯七年，大旱。岁饥。

崇祯八年，大旱。

崇祯九年，旱。

崇祯十年，旱。

崇祯十一年，大旱。

崇祯十二年，大旱。

崇祯十三年，特大旱。连续七年大旱，野绝青草，斗米银二两九千。以树皮、白土、雁矢充饥。骨肉相食，死者相继，十室九空。

康熙四年，旱。饥。

康熙六年，大旱。饥，人相食。

康熙十二年，旱。

康熙十七年，大旱。

康熙十八年，大旱。死者枕藉。

康熙二十八年，大旱。

康熙二十九年，大旱。

康熙三十年，特大旱。连续三年大旱，大饥，民中逃散过半。

康熙三十六年，旱。

康熙六十年，特大旱。斗米五百五十钱。

康熙六十一年，旱。

乾隆八年，大旱。

乾隆四十九年，旱。

乾隆五十年，大旱。

乾隆五十一年，旱。连续三年大旱。

嘉庆十九年，特大旱。

道光十三年，旱。

道光二十七年，大旱。

光绪元年，大旱。七月大旱，禾枯死，冬无雪，赤地千里。

光绪二年，旱。

光绪三年，特大旱。大饥。斗米千五千，树皮草根剥掘殆尽。父子相食，几乎村落为墟。

光绪二十七年，大旱。秋无禾。

民国二年，旱。麦子绝收。

民国五年，旱。

民国九年，大旱。人相食。

民国十年，旱。

民国十一年，旱。

民国十二年，旱。

民国十三年，旱。

民国十八年，特大旱。夏无麦，秋无禾，饿毙者无数。

民国十九年，大旱。连续两年大旱，民众外出逃荒者不计其数。

民国二十年，旱。冬无雪。

民国二十一年，旱。

民国二十四年，大旱。地土龟裂，草木皆枯。

民国二十五年，旱。

民国二十六年，旱。

民国二十九年，旱。

民国三十年，旱。

民国三十一年，特大旱。大小麦颗粒无收，早秋全部枯干，民卖儿鬻女，大批流亡外乡。

民国三十二年，旱。

…………

152. 字幕

特别感谢在采访和创作过程中给予帮助的人们

郭秀明	王　朔	张宏森	张和平
钱　钢	李敬泽	李书磊	李君如
贺新城	陈　彤	朱　伟	王芸生
张高峰	金丽红	黎　波	安波舜
张　维	陆国强	梁韵生	孙　浩
王益民	范克俭	郭永祥	刘文堂
刘雪堂	刘贺堂	刘华堂	牛文恒
冯修懿	李兴亚	焦　峰	夏　骏
宗仁发	关正文	杨少波	刘和平
孟庆瑞	胡卫东	[法] 安波兰	
谭　杰	段星灿	寇北辰	寇北锁
袁君敬	张克利	李韶亮	段米阳
赵瑞霞	段曰彬	赵跟喜	吕俊霞
戴翠云	田长山	郭　青	王秀英
孙志全	王桂兰	张　官	范会中
张礼明	冀太平	王友伟	王川平
张少航	王迎春	罗庆华	陈传海

徐有礼	李 葳	靳士伦	张洛蒂
韩天申	于同堂	任 清	杨耀健
李 勇	[英]温斯顿·丘吉尔		
刘永昌	刘永祥	吴 武	刘永贵
刘永会	刘永国	刘永根	刘永修
刘长松	牛进宝	牛金贵	潘维真
[澳大利亚]马 丁	[韩]金泰成		
张仲鲁	张凤梧	孙冠贤	罗绳武
张 钫	刘庆昭	王子官	周声远
王仲成	郑洪来	李玉震	孙克敏
陈华策	靳 志	刘亚荃	翁 元
[俄]巴拉布舍维奇	[俄]季亚科夫		
郭世杰	刘茂恩	张鸣铎	李五才
王影湖	王瘦梅	崔炎寿	白文田
袁蓬牛	文海晋	朝 增	晋朝荣
路守信	王喜瑞	王全玉	董彦堂
冯明松	路留保	路棚哥	路喜安
路喜民	范留字	许永贵	牛金发
牛金祥	牛文周	牛文选	郭里柱
郭平安	郭存安	张高峰	李新恒
[德]阿克曼	[韩]金荣哲		

王洁云	尹崇智	李　颖	高秋芳
范新科	王天义	温广太	郑双武
裴学兰	刘显于	宋玉美	周显荣
席松军	王志昆	胡昌健	杨耀健
[英] 亨利·佩林		[美] 内森·米勒	
汤竹友	赵建平	王志刚	王国康
李季和	段凌辰	赵子劲	张浚之
[日] 刘燕子		[日] 竹内实	
[日] 川端幸夫		[美] 谢伟思	
[韩] 赵妍贞		[奥地利] 马丁	
吴　知	曾次亮	张滨生	单哲生
嵇文甫	余家菊	金海观	郭厚安
郑　重	李炳之	张文涛	龚新民
蓝灼三	郝冠宇	[法] 卡尔·蒲蒂	
卫烈城	孙赞绪	全松亭	刘孟真
房幼宾	刘立先	王镇南	谢瑞杰
[意] 米歇尔·尼科尔森			李兰茵
张　泠	谭素兰	杨玉珍	鲁莲轩
陈泮岭	海水来	冯黄孩	李毛旦
蒋纬国	毛汝采	刘永社	刘长远
吴文光	恽和平	徐子秋	刘新春

153. 字幕

演职员表

上 / 地主范殿元：死吧，死了就不受了，早死早托生。
　　　再托生，可别托生在这个地方了。
下 / 花枝：知道我为啥嫁你吗?你有了老婆，明天就可以卖老婆了。

上 / 蒋介石：王芸生蛊惑人心，让《大公报》停刊整顿！
下 / 神父安西满：我想给他做个弥撒，让你拉阵胡琴。
　　佃户瞎鹿：一天吃了一顿饭，饿得前心贴后背，没劲儿。

河南省政府主席李培基：政府不救灾，你们每天长吁短叹，现在要救灾了，你们倒在这里打起来了。

上 / 神父安西满：这灾呀，来的不是时候，但对于传教，却正是时候。
下 / 栓柱：这不是老马吗?你咋给日本人做饭了?

上 / 地主女儿星星：爹，把我卖了吧，家里连柴火都没得吃了，你让我逃个活命吧。
下 / 地主婆：趁她（儿媳）身子还热，让孩子再吃一口奶吧。

地主儿媳：人都吃不饱，还喂猫。

上 / 战区巡回法庭老马：想不到我一战区巡回法庭的庭长，现在要帮着卖人了。

下 / 瞎鹿娘：看来我这把老骨头，是埋不到咱祖坟上了。

上 / 蒋介石侍卫室二室主任陈布雷：这些外国人，就爱自以为是。
下 / 延津县县长老岳：这个是长效救荒丸，吃一颗七天不饿。

上 / 美国《时代》周刊记者白修德:死人并不使我难过,
　　难过的是弄不明白究竟是怎么回事。
下 / 意大利天主教神父托马斯·梅甘:小安,你累了。你不能怀疑上帝。

刘震云和冯小刚：我们肯定不是聪明人，就走笨人的路吧。

附　录

刘震云作品中文版目录

《故乡天下黄花》（长篇小说）	中国青年出版社	1991年8月
《故乡天下黄花》（长篇小说）	作家出版社	2009年6月
《故乡天下黄花》（长篇小说）	台湾九歌出版社	2010年6月
《故乡相处流传》（长篇小说）	华艺出版社	1993年3月
《故乡面和花朵》（长篇小说 四卷）	华艺出版社	1998年9月
《一腔废话》（长篇小说）	中国工人出版社	2002年1月
《手机》（长篇小说）	长江文艺出版社	2003年12月
《手机》（长篇小说）	台湾九歌出版社	2004年4月
《手机》（长篇小说）	作家出版社	2009年7月
《我叫刘跃进》（长篇小说）	长江文艺出版社	2007年11月
《我叫刘跃进》（长篇小说）	台湾九歌出版社	2008年3月
《我叫刘跃进》（长篇小说）	作家出版社	2009年6月
《一句顶一万句》（长篇小说）	长江文艺出版社	2009年3月
《一句顶一万句》（长篇小说）	台湾九歌出版社	2009年8月
《一句顶一万句》（长篇小说）	香港明报出版社	2010年1月
《我不是潘金莲》（长篇小说）	长江文艺出版社	2012年8月
《我不是潘金莲》（长篇小说）	台湾九歌出版社	2012年8月

《我不是潘金莲》（长篇小说）	香港天地图书出版社	2013年2月
《吃瓜时代的儿女们》（长篇小说）	长江文艺出版社	2017年11月
《吃瓜时代的儿女们》（长篇小说）	台湾九歌出版社	2018年4月
《吃瓜时代的儿女们》（长篇小说）	香港天地图书出版社	2018年4月
《一日三秋》（长篇小说）	花城出版社	2021年7月
《一日三秋》（长篇小说）	台湾九歌出版社	2023年5月
《一日三秋》（长篇小说）	香港三联书店	2023年6月
《温故一九四二》（中篇小说）	长江文艺出版社	2012年11月
《塔铺》（小说集）	作家出版社	1989年1月
《官场》（小说集）	华艺出版社	1992年5月
《一地鸡毛》（小说集）	中国青年出版社	1992年6月
《官人》（小说集）	长江文艺出版社	1992年12月
《刘震云》（小说集）	香港明报出版社	1999年11月
《刘震云》（小说集）	人民文学出版社	2000年9月
《刘震云》（小说集）	文化艺术出版社	2001年9月
《一地鸡毛》（小说集）	长江文艺出版社	2004年3月
《那些微小又巨大的人》（小说集）	台湾九歌出版社	2005年4月
《刘震云》（小说集）	现代出版社	2005年8月
《一地鸡毛》（小说集）	人民文学出版社	2006年1月
《刘震云精选集》（小说集）	北京燕山出版社	2009年6月
《一地鸡毛》（小说集）	台湾九歌出版社	2008年3月
《温故一九四二》（小说集）	台湾九歌出版社	2013年4月
《刘震云文集》（四卷）	江苏文艺出版社	1996年5月
《刘震云文集》（十卷）	人民文学出版社	2009年3月
《刘震云作品典藏版》（十二卷）	长江文艺出版社	2016年8月